冰心散文奖
获奖作家散文自选集

中国结

高国镜 著

组　　稿：中国散文学会
总 主 编：周　明　红　孩
执行主编：凌　翔

中国经济出版社
CHINA ECONOMIC PUBLISHING HOUSE
·北京·

图书在版编目（CIP）数据

中国结 / 高国镜著.
—北京：中国经济出版社，2019.12
（“冰心散文奖”获奖作家散文自选集 / 周明，红孩，凌翔主编）
ISBN 978-7-5136-5636-8
Ⅰ. ①中… Ⅱ. ①高… Ⅲ. ①散文集—中国—当代
Ⅳ. ① I267
中国版本图书馆 CIP 数据核字（2019）第 069866 号

策划编辑　崔姜薇
责任编辑　焦晓云
责任印制　马小宾
封面设计　陈　姝
封面插图　阿　秋

出版发行　中国经济出版社
印 刷 者　唐山楠萍印务有限公司
经 销 者　各地新华书店
开　　本　710mm × 1000mm　1/16
印　　张　13
字　　数　168 千字
版　　次　2019 年 12 月第 1 版
印　　次　2019 年 12 月第 1 次
定　　价　49.80 元
广告经营许可证　京西工商广字第 8179 号

中国经济出版社　网址 www. economyph. com　社址 北京市东城区安定门外大街 58 号　邮编 100011
本版图书如存在印装质量问题，请与本社发行中心联系调换（联系电话：010-57512564）

目 录

第一辑 感悟奇石

第二辑 人生有梦

第三辑　名人剪影

第四辑　真情永远

第五辑　潮白河畔

第一辑　感悟奇石

石头与人生

一

人类的文明史是伴着石头走过来的。

不管是北京猿人还是山顶洞人，肯定都是离不开石头的。

太阳和月亮，是不是也可以算两块石头？繁星闪烁，其实就是石头在闪光。

女娲炼五彩石补天，人人皆知。

孙悟空由一块神石化作，妇孺皆知。

贾宝玉含了一块玉石出世，其命运就染上了神秘色彩。

石头是这个世界上最高贵的东西，蓝宝石、红宝石……各种玉石，各种钻石，数不胜数，价值连城；石头似乎又是最低贱的东西，然而哪怕是一粒石子，也能作为铺路石，也是世界上不可或缺的。

我们赖以生存的地球，有人说是个大水球，有人说是个大泥球，叫我说地球就是块大石头，是石头支撑着地球在运转——地球可以算是一块含了太多石元素的星球。

每个人与石头都是有缘分的。

我和石头的缘分就更是深厚。我的祖先用太多的石头铸造了数百块上千块成万块的梯田，养育了京西一代又一代儿女。我们那个小山村在我出生那年，发现了新石器时代的遗址和石器，包括石斧、石凿等。

那条通往山外的山沟，叫石羊沟。

与我相看两不厌的那座山，名叫红金坨。红金坨的含金量肯定是很低的，但却含了太多的石头。

儿时，我天天面对着奇形怪状、大大小小的石头，踩着各种各样的石头长大，睡着石板炕，踏着石板地，走着石板路，住着石头砌墙的房子。山民是一天也离不开石头的，推着石磨、石碾，用石头蒜臼子捣蒜。

石头给我带来了太多的欢乐和幸福，很多遭遇如今想来，也成了美好的回忆。在小河里摸鱼，望着一块块鹅卵石，那是童年美妙的金色时光。与表弟玩耍，他用石头面对面砸我的额头，砸得鲜血直流，砸了好大一个洞，我哭着跑了几百米，一直跑到姥姥怀里，姥姥的大手捂着我的脑门，指缝不停地往出淌血……谢天谢地，脑袋无大碍，大脑还能用，至今还能写小说。十几岁往梯田地里背肥料，跌了一个马趴，扑在一块石头上，牙齿被磕了一下，但现在还是用牙齿吃饭。十三岁从十几米高的陡坡滑下去，被一片白色的嶙峋山崖蹭得浑身是伤，后来居然没落下伤疤，又好端端活到了今天。听说那个地方摔死过一位山民。我的命大。肯定是石头在背后保佑着我！

我坚信石头是有情物，石头是会呵护人类的。我们那个小山村，有一口几百年都不干涸的岩石井，井的周围全是石头，就是从石头缝里冒出来那股汩汩的泉水，养育了数十代山民。而今，那水井依旧如当年一样，水不多不少，涓涓细流不断。我曾在山上放牧，在那些时光里，我无论坐到哪块石头上写小说，文思真的如行云流水。石头真的是带着灵性的。那年，一块山石脱落，本来是冲着我来的，可我放养的一只羊却真的成了“替罪羊”，巨大的石头把羊的腿砸断了，我得以化险为夷。那石头也长了眼睛吗？我故乡的北山坡上石头很多，其中有两块山石最有奇异之处，一块石头叫老虎石，另一块石头叫石碑石。石碑石在老虎石的上边，据说那石碑石就是为了压住老虎的嚣张气焰，不让老虎侵犯山民、糟蹋牲畜，所以那山上就出现了两块酷似老虎和石碑的石头。

我坚信是先有了石头，后有了世上的一切。你看那些像菩萨的石头，像佛爷的石头，都好几亿年了，而佛祖释迦牟尼，也不过两千多岁。我一直很纳闷，几亿年的石头，怎么就长得像圣人孔子、诗人李白？奇石就是这么神奇。奇石比兵马俑神奇一万倍，在兵马俑里找不到自己的塑像，有可能在奇石里找到自己的形象或影像。

祖国的大好河山我走的不多，但每到一处，给我印象最深的往往是那些山石，或者说就是石头。当我购买那些似乎无用的石头的时候，同行人有可能就认为我傻得像一块石头。海南的石头、云南的石头、广西的石头……那些石头肯定都是带着灵气的。那年，我出游归来，皮鞋鞋底里带回了一块石子，我不但为其写了一篇散文，现在那块麻雀蛋大小的石头还保存在一个罐头瓶子里。我珍惜与我有缘的每一块石头。

我在云南石林照的一张相，人们都说很帅。

我爱上奇石，是在那年夏天。一天出门遛弯，我发现有一些安徽卖灵璧石的人开的大车，就停放在我家不远处的马路边上。可想而知，城管是不会让他们踏踏实实地卖石头的。在他们被无奈驱赶的时候，我把他们让到我家里去，我们因此成了朋友。我把我的书送给他们看，把园子里的黄瓜、西红柿给他们吃，把我舍不得吃的桃子让他们带着。我也就买了他们一些石头，灵璧石。我不和他们划价。他们说石无价。我说情无价。不是因为我有钱，是因为我喜欢那些充满灵气的灵璧石，就用几个不多的闲钱，买了几块“天下第一石”，摆在那里，与其相看两不厌——赏石读石观石看石品石问石，个中滋味，其乐融融。有人以为卖石头的人都是暴发户，可在我看来，卖石头的人可能与唐朝那个卖炭翁差不多，炭是人人需要的，而石头不一定人人喜欢。那些石农经常向我感叹，石头是越来越不好卖了。我无力相助，送给他们一领新被子、一包茶叶，也算是一点爱心。真的想多买几块石头，但囊中羞涩的我，只能与太多的石头擦背，不是因为与石无缘，是因为买石无钱。一旦搞到一块石头，往自行车筐里一装，骑着车回家去，还真有几分悠然。有高人先人是宁可食无肉，不可居无竹；我不是高人，但我这个后人和俗人，却是宁可食无肉，不可居无石。都说“园无石不秀，室无石不雅；厅无石不灵，人无石不安”，这话应该是有道理的。说来，我得感谢老伴想得开，我买什么石头，她都慷慨解囊，都说值得。

二

积少成多，断断续续、林林总总积攒了一些大大小小的、各种各样的石头。后来还很随意地给那些石头配了诗，都是很浅显易懂的诗，但浅显不等于没有新意、没有深意。世界上最有城府者，可能就是石头了；石头是最耐读、又最不容易被读懂的古书。据说有好多高学历、高职称的老师或公务员，也读不懂鲁迅的白话文作品，这么说来，能读懂奇石的人，肯定就更少了。但石头值得一读。我的诗比较直白，可算读石心得，都是我有感而发；儿子高天然又给我的石头照了相，让这永恒的石头再一次成为永恒，永恒的瞬间就化作了这些照片。于是就有了我们父子俩合作的《感悟奇石》这本小书。这本书也算是我此生的一大收获了。出这么一本奇石的书，谈不上奇迹，但似乎也带着一点点传奇的色彩。

想想当年爷爷用火石打着火镰吸老旱烟的情景，他当时肯定想不到自己的孙子将来会玩出一本奇石的书来。可惜，在我淘来的石头里，还没有酷似我爷爷的石头；前边说的红金坨那座山，倒是真的像我爷爷的雕像。我爷爷一生穷得像一块石头，也坚强得像一块石头，他是我心目中至高无上的伟人。我心目中还有一个伟人，就是我的父亲。老父亲离我越来越远了，我才愈发觉得他也是伟大的。他一生中背过的石头，是可以堆成山的。他筑路、筑坝、筑田、筑房，谁也不知道用了多少石头。三年前惊蛰那天，我和妻子买了一块黑白花的牡丹石，把石头弄到家，刚吃完饺子，电话那边就传来老父亲突然去世的噩耗。老父亲一生刚强得像一块石头，死后还像一块石头。他生前爱说话、爱唱歌，但死前什么话也没对我说。他本来是个穷人，他死后我分得了一笔不多的“银子”，我用这钱买了两块石头，也算是对老父亲的一种怀念。

有感情的人，可能也最能够与石头产生感情。我这把年纪的人，在异乡想起故乡的石头来，也就想起了故乡的人。那些像石头一样实实在在的人，好多我今生再也见不到了，就像他们再也见不到我这些石头一样，但在我的心里，失去的人已经化作了石头。我与人的感情，与石头的感情在这本书里多少能体现出来。感悟奇石也是感悟人生。人生磕磕绊绊地走来，每一步都不容易，但每一步都会很快在这地球上消失，别说是凡人，即使是伟人，最后能给别人留下什么呢？与石头比起来，人真的是很可悲的。

我在一年前出版了一本52万字的长篇神话小说——《八百岁少年传奇》。我自认为那是一部难得的好书，充满浪漫色彩，又充满忧患意识，折射了人类的历史和现实；那本书里就大量地写到了石头，写到了奇石，小说中的人物，好多最后都化作了石头。那是我的一个美好愿望。我的愿望就是人死后真的能化作石头，而不要背着人为的死板石碑，沉重地占据着这个地球的几寸泥土。人如果真能化作石头，哪怕是让后人把玩、让后人观赏，即便让后人用自己的躯体——石头搞建筑，那实际上也是一件好事，是人生价值的又一次体现。

石头是令人敬畏的。石头有时候能表达人的一种实实在在的心意。那年我盖房，不过是额外管了瓦匠几瓶啤酒、几餐粗茶淡饭，可完活儿后他们为了回报我，本来该下班了，却借着月光，用一颗颗石子，在我门楼下的水泥地上摆了一个大大的“福”字——他们是真心为我祝福，说是让我踩着福走路。去年盖厢房，我把一块“泰山石敢当”的泰山石，让瓦匠镶嵌在了新垒的墙上。在六个瓦匠抬着一根几百斤重的水泥梁立架房的时候，脚手架忽然坍塌，那些工人却个个安然无恙。他们站起来都笑着指着那块泰山石说：是刚镶上去的泰山石保佑了我们。我也相信是泰山石保佑了我们，谢天谢地谢石头！

都说诗文千古事。这年月把诗文当千古事的人，恐怕是少之又少了；但这年月据说是收藏热，收藏石头的人，听说是越来越多了。我也算一个拥有少量奇石的人，我家也是一个有少量奇石的家，这也就是个不错的人家了。且我家又可算是书香之家。我的小孙子不但会背不少的唐诗宋词，对他爷爷的书也爱不释手；且他一岁有余，见了我收藏的石头，眼睛就像黑宝石一样放光。难得回来一次，他跑来跑去，看着我的石头，摸着我的石头，不断和我说：爷爷，宝贝。他以为石头就是宝贝，因为他知道爷爷把石头看作宝贝。但再宝贝的石头也不如人，人才是这个世界上无与伦比的宝贝。人与石头相处，一代一代延续着，那就是人的一种高雅境界，也是一种福气了。神奇的石头，神秘的石头，令人神往的石头，就伴随着我们一代代走过吧，即使再走一万年，有多少人都老了，都不在了，我们的石头还在，石头的生命应该是永恒的。石头会说话，石头会唱歌，就让我们珍惜石头，热爱石头吧。给石头写几句诗，让不朽的石头更加不朽；给石头照几张相，让永恒的石头更加永恒。

（本文为《感悟奇石》后记，曾获全国孙犁散文奖）

沉重的牡丹石

蛇年来了，父亲走了。父亲是属小龙的。父亲走了快一年了，我再也看不见他了。父亲走后的每一天，我都格外关注我家走廊里那块石头。那石头叫牡丹石。这块石头成了我永远的痛和思念。去年惊蛰那天，我下午没什么事儿干，便和妻子一起去一家古董店，在那里看上了一块石头，就是这块牡丹石。这几年爱石头有点儿疯狂的我，就把那石头买下了。把石头抬回家后，摆到走廊里，我还对妻子说：他爷爷要是来，也能看见这块石头。那天晚上，我和妻子吃的饺子。刚吃完，弟弟打来一个令人震惊的电话：父亲去世了！

很难说那个噩耗对我的打击有多大。没想到的事，真是没想到。要是想到了，龙年春节应该去看看老父亲，但由于年三十感冒输液，没去成；本打算春暖花开了再去看父亲，父亲却没等到那一天，就忽然去世了。听说父亲在去世前一周，还去光荣院里给人唱歌呢。父亲一生都爱唱歌。父亲就这么去了，给我留下的是太多的后悔和遗憾。望着那块牡丹石，我的心异常沉重。其实在买那块石头的时候，妻子对那颜色是不太满意的，她说这牡丹石底色是黑色，点缀其间的酷似牡丹花的花朵却是白色的，虽然好看，却觉得有点不吉利。没想到那天我父亲就溘然离世了。是不是因为我买那块石头没买好呢？

如果敢于说句实话的话，我一度爱石头，是不是胜过了爱父亲呢？是不是有的时候我看着石头，比看着父亲还顺眼呢？对于我爱石头，父亲从无微词，哪怕我玩石头上了瘾，孝敬老人的心淡了，父亲肯定也是理解我的。

那天望着那块牡丹石，我想到了父亲的一生。父亲生长在大山里，一生都和石头打交道。父亲用石头垒梯田，用石头盖房子，用石头修公路，用石头搭火炕。父亲当年常常从山上背回一些石板什么的，但不是为了玩，而是为了用石头打造我们的生活。而我到了五十多岁，鼓捣石头却是为了玩，而不是为了生活。就说那块牡丹石吧，其价格是数以千计的，而父亲过的最后一个年，我只让妻子去我大哥家看了看，撂下一千块钱就走了，听说那一千块钱父亲一分也没花。想到这里，我的泪已经流到肚子里去了。我在石头上花的钱，是不是比在父亲身上花的钱还多呀？面对那块石头，我的心是冷的，是痛的。我常常望着那块石头，望着石头就会想到父亲。父亲高大的身影永远不可能再出现在我的眼前了，出现在我眼前的是那块看上去黑白分明的、傲然屹立的牡丹石——这牡丹石难道不像父亲吗？父亲的党龄早都超过六十年了，他对党的忠诚就像一块倔强耿直的石头，他干什么事儿总是光明磊落、黑白分明的，就像那块坚硬又透着璀璨光泽的牡丹石。人呐，其寿命实在是太短暂了，一块石头可以活多少万年多少亿年，而人不过几十年的寿命。可既然知道父亲即便活一百岁也得死，他生前我怎么就没多给他带来点儿幸福和温暖呢？我怎么就把不太多的时光陪伴了石头，而没有好好地陪陪父亲呢？

牡丹石，你的底色是那么黑，而石头上开出的花朵却像雪花一般洁白——如果那石头是一张纸的话，那就是黑纸白字了；如果那石头可以做一块碑，把这石碑献给父亲，父亲肯定嫌贵，不愿接受。但父亲这座丰碑，是会永远屹立在儿子心头的。

石头伴着人生的火花

哪怕是一粒最微小的石子，也令人高山仰止；如果和石头论年龄，即便小米大的砂砾，人类也是石子孙子的孙子。想想我们头顶的天空和脚下的地球，是不是石头的组合？关于石头，有说不尽的话题。千古绝唱，石头最千古；无奇不有，石头最奇异。石头文化是最古老的文化，石头里藏着太多的诗意。

有人写文说我是个石痴、石疯子，那肯定是因为我酷爱石头。在我看来，世间商品，包括黄金，都是会贬值的，只有独一无二的奇石是升值的；但以我的价值观，我这个人看重的又不是奇石的经济价值，我看好的是奇石里的诗意。发现奇石中的诗意，是我的乐趣。我不养狗，却给一块名为“小黑狗”的灵璧石写了诗：漫长漫长的黑夜何等煎熬 / 黑夜送给你一身黑色的皮毛 / 一腔鲜红的血在黑夜里流淌 / 一颗忠诚的心在黑夜里铸造 / 你在黑夜里沉默着 / 等待的是金色的拂晓 / 你在黑夜里发声 / 为的是红霞道道 / 那一轮红艳艳的太阳 / 不是你戏耍的气球 / 你却愿把太阳搂进黑色的皮袍 / 伴着几声汪汪叫 / 一同送给主人 / 当然 / 忠诚不

等于讨好 / 只是从黑夜里走来的你 / 愿伴着主人度过一个又一个温暖的良宵……这就是奇石，这就是奇石中的诗。

我生长在京西的大山里，与石头结下了不解之缘；我发现石头里的诗意，是我与文学结下不解之缘后；我发现奇石中的诗意，是在我不惑之年以后。回想那些石头，其实都充满了诗意。雨后，青山架起彩虹，山崖上忽然冒出一挂瀑布来；石头上的青苔、山丹花，悬崖上的崖柏、崖花，都透着诗意。拉着石碌碡，推着石碾子和石磨，转动着的也像是诗意。石头房子外冒着缕缕炊烟，屋内的石板炕上，爷爷咔咔地用火石打着火镰，抽着老旱烟，给我讲述着女娲炼五彩石补天的故事，给我说着谜语——青石板，板石青，青石板上挂金钉……这谜底好大：天空。

爷爷把蓝天和星星当成石头，但我当时以为蓝天上不过是轻飘飘的云彩，而在诗歌里，我却这样咏叹天空：

是一块块石头的巧妙组合
组合成了我们头顶的苍天
就连高悬在宇宙的日月
也是两块石头在旋转
释放光明与温暖

这就是石头里的诗意。我发现石头里的诗意有点偶然。由于受“文革”的影响，少年时代我便写了大量类似于口号的诗歌，但都没有发表。那个夜晚，我走路时踢起来一块石子，这石子与另一块石头碰撞，便碰出了一簇耀眼的火花，我当即就吟出了两句诗：

石头碰石头也能碰出火花
还有什么不能放射光华

这话作为哲理诗，还在小报上发表了。后来，我在石头里发现了很多诗。发表在《北京文学》上的诗歌《蹄窝与脚窝》，是我写骡马踏石留印，也就是写京西古道的；发表在《北京晚报》的《石磨之歌》，自然也算是写石头的诗。那时，我不过二十岁出头。我真正大量地在石头中发现诗意，已经过了知天命之年，此时我也可算半个奇石收藏家了，也算得上半个作家、半个诗人了。

都说石头有灵气。如果说我这个比石头还实在的人，多少还有一点灵气，那些灵气有些应该是来自那些石头。石头简直是大自然的神物，是鬼斧神工的神来之笔。我的老家有一个山头叫老雕嘴儿，这山头就像一只跃跃欲飞的老雕；有一块石头叫老虎石，这石头就像一只虎视眈眈的老虎。这些石头是不是都算得上奇石呢？若算，也算“不动产”，或者说是不能搬到家里去的，而随着我把一块块的石头搬回家，我的诗情也就滚滚而来了。不管是少年还是青年，我都是在石头山下长大的，在石头路上走到今天的……我的脚印未必在石头上留痕，但我人生的脚步却在那石径上放射出了一簇簇青春的火花、人生的火花。这石头上的火花，也成了我笔下的诗花。

精美的石头会唱歌

那年我抱着同情心和爱心，在马路边买了安徽人的一块石头，石头的形状像两只正在接吻的凤凰，我给这块石头配了好几首诗，其中有一首诗直白而简洁，也颇具韵味：亿年凤凰一吻 / 从此再不离分 / 梧桐树下好乘凉 / 雏凤绕膝像儿孙 / 地上遍布亿年石 / 世间少见百岁人 / 人若也有化石日 / 谁知形象丑与俊？

这石头的图片和配诗发表在《劳动午报》上，随之产生了“百鸟朝凤”的带动效应。这所谓百鸟，就是那些不断走进我家门的石头了，而这些石头，又几乎都被我配上了诗歌。这样，奇石就和文学浑然一体了。

正因为石头里藏着太多的诗意，我才一发而不可收，一气儿为一百多块石头配了一百多首诗，并于 2015 年 2 月，正式出版了一本诗配图的作品集《感悟奇石》，并受到好评。书中的诗歌大多短小精悍、言简意赅、浅显平实，却又韵味无穷。看似直白的口语化诗歌，却寓意无限，感情真挚。当下人心，浮躁如云，品品这些读石的诗，心灵也许会得到一些净化和几分安宁。

在我眼里，每一块石头都富有寓意和诗意；同样的一块石头，往往又有不同的诗意。我有一块被我视若珍宝的广西大化石。这石头像一只金蚕，又像一只金蝉。我给这石头起了两个名字，分别叫“金蚕吐丝”和“金蝉脱壳”，并配了两首诗。

奇石中的诗意，只有能够读懂奇石的人才能发现。我为“金蚕吐丝”配的诗歌，慨叹金蚕的无私，又难掩心中不甘：不知为爱还是恨 / 金蚕吐丝随命尽 / 几片桑叶化彩绸 / 一生冷暖谁过问？/ 冷暖得失不在意 / 化作奇石万古存。我为“金蝉脱壳”配的诗，句句诙谐幽默，深刻中透着浅显：金蝉脱壳谁知晓 / 独占高枝呼知了 / 知了知了 / 匆匆过客谁知了 / 知了反被无情恼 / 糊里糊涂倒好了。

太行山里，本无多少奇石，但我却从一位石友手中得到了一块太行山中的石头，这石头上的图案活灵活现的，酷似一匹神马，又像一头麒麟，我给其配诗：浑身肌肉抖精神 / 疑是天马金麒麟 / 鬼斧神工谁画出 / 百姓点赞诗人吟。

石头的形状千奇百怪。我在生活上极其简朴、节俭，从不与任何人攀比，也从不要所谓面子，但我却有自己的爱好。20 年前就有好友劝我买辆轿车，但我至今还是个骑车人。莫说是购买汽车，那回妻子给了我 800 元钱，让我买一辆新自行车，我到自行车专卖店一打听，听说千余元，我便没舍得买，依然骑着我的旧自行车。那年我遇上一块黑色灵璧石，形状宛若一条乌蛇，我爱不释手，石主要价不菲，但我还是把这石头抱回了家，并配诗曰：一条灵璧乌蛇 / 修行几万几亿年 / 蜕皮变成白娘子 / 敢问谁是许仙？

诗和石是我的最爱。我在每一块石头中都能发现其诗意。我收藏了一块灵璧彩石，形似一只大蚂蚱，另一块大化石也形似蚂蚱，也就是蝗虫，我便把这两块石头摆在一起，取名为“飞黄腾达”，且配诗道：儿时成日捉蝗虫 / 乐在青山碧草中 / 飞黄腾达儿时梦 / 著书立说不放松。

信鸽是传送和平的使者，也是传递家书的信使。我在如林的奇石当中，捕捉到了好几只与真鸽子体型大小一般的灵璧石鸽子。我给这些鸽子写了一首简短的诗：金鸽银鸽和平鸽 / 衔来橄榄染春色 / 心怀友好飞万里 / 落到谁家谁家阔。

唐玄奘和齐天大圣都是家喻户晓的文学形象。我得到了一块灵璧石，活灵活现像唐僧；我又淘换来一块阿富汗玉，其中的图案惟妙惟肖，酷似孙悟空。我便给唐僧和孙悟空配诗曰：唐僧 / 总是那么温文尔雅 / 总是那么毕恭毕敬 / 一声阿弥陀佛 / 似乎万事都在化解中 / 你到底是愚僧 / 还是高僧？/ 虽然人妖难分 / 比不过火眼金睛 / 也许不该念紧箍咒 / 让悟空有那么多痛？/ 可为了取得真经 / 你那一身红色的袈裟 / 还是点亮了一条路 / 点亮了亿万颗心 / 佛光普照在东方 / 取经路上几度夕阳红 / 又几度朝霞红……/ 孙悟空 / 你从石中来 / 又回到玉中 / 跃跃欲试闲不住 / 难道还想去取经？/ 还是写写回忆录吧 / 打死了多少妖精 / 走过了几多征程 / 不，你什么都不用写 / 也会有人把你千古传颂……

奇石里印着画

清水出芙蓉，天然去雕饰。真正的奇石，讲究的是纯天然，不能有动手的斧凿痕迹。灵璧石分多种，其中磬石又称八音石，可算灵璧石的上品；倘若声音好，造型又佳，那就是上上品了。我收藏了一块形似龙的八音石，一码儿黑，活灵活现。我在这龙的身上，发现了这样的诗意：一条小黑龙 / 来自灵璧县 / 原汁原味原生态 / 活龙活现活眼前 / 世人爱龙龙爱人 / 莫道龙无言 / 民情民意民夙愿 / 百姓苦辣酸甜 / 都记挂在心间 / 如果地下大旱 / 上天下雨雨绵绵 / 谁言龙体贵？/ 敲击过后 / 八音四海传 / 莫说悦耳震撼 / 神龙力保主人安。

如果说龙来自大海，那么海狮与海豚自然也是海中的家族。我淘换来一对海狮和海豚，一块是吕梁石，另一块是黑色灵璧石，把它们放在一起，倒别有情趣，诗也配得有趣：很萌态 / 很温柔 / 来自大海 / 还带着几分娇羞 / 默默无语 / 对人无求 / 远处的海浪 / 分明是你们的向往 / 你们的追求 / 主人忠言相告 / 既然化作了石头 / 就不要回归大海了 / 石沉大海的滋味 / 谁知有多么难受？/ 好好在这里坚守 / 不算被人鱼肉 / 与人相看

两不厌 / 海阔天空 / 笑看龙鱼尽遨游……

之所以称为奇石，便在于它的奇异之处。埃及金字塔广为人知，那人面狮身的法老，不少人也不陌生。我便拥有一块名曰“法老”的灵璧石，并为其配诗一首：人面狮身一法老 / 世上无二哪里找？/ 万众瞩目金字塔 / 唯我独尊天下小。

我从不养狗，但我收藏了几块形似狗的灵璧石。我给其中的一条“小黑狗”配诗道：不知几亿年前 / 天下是光明 / 还是黑暗 / 一只小黑狗诞生了 / 今日走到主人身边 / 翘首昂头安卧 / 守望着谁的家园？/ 欲汪汪叫唤 / 旺财又旺家 / 忠心保平安。

有一种灵璧石叫黑白道，世上存量极少。我有幸得到一块形似龙的黑白道石头，我为这块石头也配了诗：黑白两色一条龙 / 黑夜白日分道行 / 白道看准斑马线 / 黑道要知红灯停 / 谁敢黑白两道走？/ 终有南墙前边横 / 人生苦短道路长 / 黑白总要辨分明。

诗在石中藏，石在诗中，文采神采皆飞扬。我有一个笔筒，也叫笔海，是石头打磨而成的，这图案让人百看不厌，我自然也为它写了一首诗：四海翻腾伴龙腾 / 笔墨春秋与君行 / 酸甜苦辣几多 / 笔海装不下 / 无尽忧和情……

或者可以说，我收藏石头，乐在石中；而我收藏石头，又不仅仅是为了收藏石头，所以也就不仅仅是乐在石中。我是把发现石头中的诗意，当成了人生一大乐趣；从某种意义上说，我是为了文学而收藏石头。在我创作的相当多的文学作品里，都打上了石头的烙印。作家出版社出版了我的 52 万字长篇神话小说《八百岁少年传奇》——这部书中的人物，结局大都化作了石头。书中有一条线，就是女主人公木华艳给女主人公老国送的生日礼物，就是八百块奇石，而这八百块奇石所折射的恰恰是老国八百岁的人生轨迹……这部险些获得了大自然文学奖的生态小说，也可以说是我里程碑式的一部作品。我得感谢那些奇石。如果不是我拥有一块难得的金钱石，书中的男主人公就不可能把那个女地王金钱豹打成金钱石；如果我不了解木化石，那个木华艳也就变不成木华玉。

天马行空的想象，来自地上实实在在的石头，是他们给了我灵感。我的短篇小说《奇石里有他要找的情景》被《都市文学》的副主编杨新雨称为“难得的浪漫，难得的情感，难得的意境”。我在《京郊日报》发表的散文《石头与人生》获得全国孙犁散文奖二等奖。石头与文学于我而言，似乎已经不可分割。谁说石头不会把话说？我听得见石头在和我说话，石头在对我唱歌；石头就是我的知音，我与石头相看两不厌，今生都在石中乐。

我六年前就想写一部关于奇石的中篇小说，题目都起好了——《奇石在风雨中飘摇》，却迟迟没有动笔，我总觉得自己生活阅历还不够，底蕴还欠缺，人物还没有达到跃然纸上的程度，还需要补充与奇石相关的生活经历，了解石农的酸甜苦辣。为此，我年年去石展上走一走、看一看、聊一聊，可这一去，心慈面软的我总是会被那些卖石头的人忽悠和感动一番，因而我也就多买了不少石头。有些石头并非我所爱，而是出于同情，感觉不买一些石头就对不起人家，人家就白叫我高大哥、高作家了。有人一叫我老板，我就心眼痒痒想掏钱，可又捉襟见肘。我这人心眼实。那次我买了两块石头，石老板说没挣着我多少钱。于是我在雇车把石头拉回去后，便委托司机把两瓶酒和一条烟捎给了石老板。石老板发短信说：真是碰上实在人和好人了，明年还买我的石头。

我曾经多次发誓，不能再买石头了，可见了卖石头的，往往又不由自主地慷慨解囊换石头，以至于弄得家里“石满为患”，为石所累，为石所愁，可刚刚愁上眉头，就又乐在石中了。因为在我的眼里，石头永远都是诗，都是画；我与石头默默相对，即使顶着苍老的白发，和石头比，我永远变不老、长不大；大自然赐予我的石头，是永远不朽的诗画。

燃烧的火炬石

中国四大观赏石之首的灵璧石隶属于玉石类的变质岩，为隐晶岩石灰岩，由颗粒大小均匀的微粒方解石组成，因含金属矿物或有机质而色漆黑或带有花纹，产于安徽省宿州市灵璧县渔沟镇。灵璧奇石形成于8亿多年前。

灵璧石有一百多个品种，其形状五花八门，其色彩五颜六色，但以黑色为多。至于彩灵璧，包括红灵璧、白灵璧，应该是凤毛麟角的，红灵璧最为少见。不管你到哪个石展上看灵璧石，几乎都是黑压压的一片。如果碰上一块“万黑丛中一点红”的红灵璧，那就是抢眼的一景、招人的一宝了。我在一家古玩店看到过一块红灵璧，形似一头狮子，那老板要价120万元。我也只能“望狮兴叹”了。黄金有价石无价——我估计，即便这个红狮子再难找、再独一无二，恐怕也不一定有人高价抱走。这个价是不是个天方夜谭的价，谁也不好说，但人家狮子大张口，你也管不着人家。

近年来，奇石市场显然远没有当年景气了。那年我在石展上，看上了一块彩色灵璧石，形状酷似燃烧的火炬。这石头的藏主也是狮子大张口，要价35万元，少一万也不卖，我也只好望石兴叹，几次恋恋不舍地走了。那石主却追上我，和我说他这块石头的来历。他说这是一块老石头了，他都收藏了十多年了。2008年北京奥运会前，有人出过58万元的天价要买这块石头，可他没舍得出手。结果奥运会一闭幕，这石头的价格就一落千丈了。他说有个人出38万元要买他这块石头，但他又没出手，打算到北京来卖个好价钱。但要是我买，他不要38万元了，35万元就卖。35万元？这在有些地方可以买一套房子了。他说了半天，我也不和他划价了；我知道，南方人做生意都比北方人精明。我送了他几本书，就和他拜拜了。

在第二年的石展上，我又看到了那个石农、那块火炬石。寒暄几句过后，那石农伸着一把手指头，说是这石头他赔血本也要出手了。他说了一个数：5万元。妻子说了两个字：还贵。后来，那人居然说出了让我都不敢相信的价格：三万八！就当送给你了，交个朋友。好家伙，几十万不出手的石头，一落落到了三万八。这石头要不买，似乎就不行了。我抚摸着这块石头，感觉有点烫手。

现在什么都炒，从高大的楼房，到一粒小小的菩提子，都把价格给炒上去了。而这块火炬石，价格却跌得这么低了。真是到了“该出手时就出手”的时候了。妻子把那银行卡贡献了出去，就让人家刷吧。

人民币刷走了，火炬石也到手了。我买这块石头，有两个原因：一是有人说我是火命，所以我对这个火炬石情有独钟；二是因为我搞文学，把文学视为人类的火炬，所以我对这块石头就更有特殊的感情了。我下狠心，把这火炬石弄到我家去了。这石头给人的感觉是光焰万丈的，像是在燃烧着。这块火炬石的个头适中，一般人都能轻易搬得动。红橄榄的底座，雕工精美。这石头的可贵之处在于：活灵活现，形似火炬。石头的顶端有鸡冠子形状的火苗、火焰，而不是秃的，有层次感、起伏感、燃烧感，用一个字概括就是：活。有动感而不呆板。加底座的高度，近一米高。这石头难得。它给人带来光明。它给人带来温暖。

我给这石头配了多首诗。这石头一度又点燃了我的一个信念。当听说冬奥会将在北京举办时，我想把这块石头捐给冬奥会，这不就是一团永不熄灭的奥运圣火吗？我若是将这石头捐给奥组委，其意义就别说有多大了。我还给这石头写了两句话：擎亿年火炬，把冬奥点亮……

我在《中国作家》发表了一个电影文学剧本《门神》。著名作家、中国作协副主席陈建功看后，认为最精彩的片段便是男主人公用自行车带着一块火炬石，前往鸟巢、水立方捐献，而最终哪儿也不让进的情节。剧本属于艺术虚构，但我想把自己那块火炬石捐给冬奥会确是真心。

人有旦夕祸福。去年立夏那天，我忽然得了一场大病，生命之火险些熄灭；5 天的时间，用于治病的自费药费就花了 4 万多元，比那块不朽的火炬石还贵。我惊叹于生命的无常，也更喟叹石头的永恒了——人生哪能和石头比呀！这块火炬石的火焰永远不会熄灭，而人的生命之火，却是随时都有可能熄灭的，所以我更爱石头了，我给这火炬石配诗：一团红色的火炬 / 一面金色的旗 / 装着太多的热能 / 还有滚烫的诗句 / 照耀着你我向前 / 征程就不会迷失 / 人就是一团燃烧的火 / 一面飘扬的旗 / 旗帜不会倒 / 火焰不会熄 / 只要留得精神在 / 心脏就是燃烧的火炬 / 愿用这块火炬石 / 点燃冬奥会的火炬 / 世界有滑雪运动 / 人与人之间 / 却不该有冰天雪地……

与那块火炬石相伴了几年之久，它仿佛让我的生命之火更旺了。我在它的照耀下，又写了不少诗文。

东方醒狮灵璧石

红色灵璧石，少有；形状酷似狮子的红色灵璧石，更是少见。而我家的走廊前，却有一黑、一红两只灵璧石狮子，把门。这是我和这对狮子的缘分。

我这人重感情、讲义气，因而也就结交了不少石友。有一位自称信佛的安徽宿州的中年女性，下岗后一直靠卖石头为生，且供着三个大学生，还盖了两层小楼，又买了几套楼房。这是一个人物啊，我想写写这个叫金溪的女强人。金溪总是笑脸盈盈地叫我高大哥，让我买石头。去年，金溪又来平谷参加石展，又多次给我打电话，让我去看石头。于是，我便和老伴带着一盒茶叶、一摞书和一摞烙合子，去参观石展了。这一次的石展比上一次更萧条冷落，但我们两口子却又被笑吟吟的金溪给感动了。金溪指着一对石狮子说：大哥，大姐，你们买走这对狮子吧！这对狮子卖给别人，10 万元我也不出手，咱们是老朋友，5 万你们搬走。

我和老伴面面相觑，那是在嘀咕：要不要这两块石头？说实话，我们和这两块石头也算是一见钟情，早就相看两不厌了。

精明的金溪早看出了我们的心思。金溪说：哥，嫂子，你们是不是嫌这石头贵呀？可不贵哩；5 万块钱在北京，还买不了 1 平方米房哩。你知道这两块石头有多大的升值空间吗？

后来，金溪又津津有味地说开了这石头的来历——说这可不是一般的石头啊，这是一对天然的石狮子。这彩色灵璧石的石狮子，万里挑一，独一无二啊。她说她在灵璧县买了四亩地，雇用了几十个人，挖了好多天，才挖出来这么一块形状酷似狮子的彩灵璧石头。

聪明的金溪给这块石头取名为：东方雄狮。这东方雄狮还真有点东方的色彩——它的主色调是中国红又偏重于褐色、酱色，显得艳丽而又凝重；可喜的是，这头狮子不是单纯的红狮，而是五彩狮，黑色、白色、黄色、灰色点缀其间，形成色彩斑斓的花纹；似乎是由各色石头组合拼接镶嵌在一起，但又是绝对的天然、绝对的天衣无缝，鬼斧神工，巧夺天工，浑然天成。几亿年形成的这块石头，让人过目难忘。其形状有人说像麒麟，也有人说像貔貅，甚至有人说像一只金蟾。而它的造型更像是一头狮子，一头气势磅礴又透着温顺的东方雄狮。狮子本来是从西方来的，但它却是在中国东方的大地下被挖掘出来的。这狮子的体型不庞大也不渺小，与一般把门的狮子个头相仿。近 1 米的长度，半米多的高度。它昂首挺胸，气势非凡；它态势超群，活灵活现。这么一头石狮，我第一次见，也实属罕见。它雄赳赳气昂昂的，显得不俗。

这狮子透着霸气。

这狮子让我着迷。

望着那头红狮，我想象着它沉寂在地下几亿年的情景。它为什么是红色的呢？它为什么像是有点张着血盆大口呐喊的架势呢？它被埋没了多少亿年，有没有窒息的感觉 ？石头应该也是有生命的。它之所以变成红色，当年它那不平的热血是不是顺着干裂的嘴巴喷涌而出？它是不是曾经呻吟过、低吼过、咆哮过？它是不是在地下想发泄什么？是谁引发了它原始的狂性，让它心胸中的血液沸腾奔涌？最后它发出了撕心裂肺的吼声：我要出去！……

于是在那四亩地里，便挖掘出了这头红狮。这浪漫的想象，不一定合乎情理。但玩石头的人，有时候就要像石头一样疯狂；没有天马行空的浮想联翩，哪块石头也不过是块石头而已。石头的生命是大自然给的，石头的升华、升值是人的眼光和大脑给的。灵璧石的魅力在于它的灵气、色泽和形态的神奇，而其质、形、色、纹皆具有很高的艺术欣赏价值。乾隆帝曾赞誉灵璧石为“天下第一石”，可他却无幸观赏这头红狮——这石头形状奇特，色泽艳丽，纹饰美观，质地坚韧……可谓美不胜收，美轮美奂。

灵璧观赏石分黑、白、红、灰四大类一百多个品种。其中，以黑色最具特色。观之，其色如墨；击之，其声如磬。而这头红狮，有着五彩斑斓的色彩；它的颜色和形态，很容易让人联想到炼五彩石补天的女娲。

它独具神韵，韵味无穷。

灵璧石中含有十多种有益于人体健康的微量元素。这个红狮棱角毕现，刚硬苗条，中枢坚挺，不肿不疲，骨气昂然。自然天成，大璞不雕，返朴归真，品位何等之高！它铁骨铮铮，透者跌宕，漏者遒逦。一石一天地，一石一世界。形态大气，实中有虚，虚中有实，虚虚实实，神美貌丽。灵璧有洞，价格要命。这石头有洞在腹下，藏而不露。它的肌肤巉岩嶙峋、沟壑交错，粗犷雄浑、气韵苍古，纹理丰富、韵味十足。它不仅多姿而且多彩。它还有“玉振金声”的音质，轻击微扣，都可发出琤琮之声，余韵悠长。它有分量感和温润感，更有温度感。它是光明的使者，人类的守护神。它妙趣横生，温润尔雅。

这石头我不请回去，还等什么？

狮子是要成双成对的，而不能有单只；恰好金溪还有一块形似狮子的黑色灵璧石，正巧与那彩灵璧狮子配对。这五颜六色、色彩斑斓的彩灵璧和黑灵璧狮子配对，说天下难找也不为过。

金溪又夸上这狮子了：高大哥，这狮子可是镇宅之物啊，放到你家，你家的日子还得好过、还得红红火火哩；彩灵璧，难找哩，四亩地才挖出来这么一头红狮子，放到谁家谁家出彩哩。你要不把它请回去，你可得后悔哩。这狮子可遇不可求啊。你看看这大红狮子。

此时那石狮子没有动，我却动心了。说是动心了，却还有几分犹豫。毕竟这价格不菲呀。大半辈子过着“草根”日子，至今还骑着自行车，舍得掏钱买这么一块石头？

最后的结果是一咬牙：买！

据说狮子是从西方传来的，但在中国的大地上，也不乏狮子的身影，舞狮已经成为中华民族的保留节目。门口摆一对狮子，有镇宅作用。按照佛教的说法，大门前看似摆着一对无声的石狮子，实际上那对石狮子是在不断“说话”的。一个说阿弥，一个说陀佛。这俩狮子天天一唱一和，念阿弥陀佛，以保佑全家平安。

这狮子是吉祥物啊！

于是那天傍晚，金溪亲自打车，拉着那一对石狮子，就笑吟吟找到我家的大门前去了。那天我拉着板车，把这石狮子拉到台阶下。我们七手八脚把狮子抬上走廊，摆放妥当。这狮子还真让我家蓬荜生辉了。双狮把门，给人一种安全感；与这狮子对视，相看两不厌。有两句话叫“园无石不秀，家无石不安”。我品味着这石狮子，鉴赏着这石狮子，真有种其乐无穷的感觉。我还随口吟了几句诗：睡狮何时醒 / 醒来是黎明 / 东方雄狮视万里 / 长江长城像巨龙 / 家有奇石诗意在 / 妙笔生花情意浓……

“点石成文”金海石

“动人春色不须多”——什么东西多了就俗了;“万绿丛中一点红”——这“一点红”是个亮点，如果遍地都是大红大绿，人们看着就闹心了。奇石也如此。动人奇石也不须多，多了就不是奇石了。潮白河离金海湖很近，平谷离顺义不远；金海石也算名石了，好些年都被炒得不亦乐乎。赶上绝妙图案的，有石主敢要几十万元甚至上百万元。我也算个奇石收藏者，平谷奇石城也常常去，但却很少抱着石头回家，不是不为金海石所动，而是逐渐醒悟：捉襟见肘囊中羞涩的现实境况下，不管收藏什么，也都该悠着点了。这么多年来，我只收藏了寥寥数块金海石，自以为都可圈可点，算得上精品。

鲁迅与孙大圣

鲁迅“横眉冷对”，铁骨铮铮，算得上文学家，也算得上斗士；他手里握有生花妙笔，能著锦绣文章；那妙笔也是投枪、匕首，敢对敌人的心脏。孙悟空火眼金睛，腾云驾雾，是严格意义上的斗士；没见他摇过笔杆，却手持金箍棒，似乎把天上地下和妖魔鬼怪都闹得可以了。鲁迅和孙行者的缘分，应该是有的；鲁迅翻开《西游记》，孙猴子不就跳到他眼前了吗？但这并不奇怪。奇就奇在鲁迅和孙悟空的缘分见证在一块金海石上。想想，多少万年前，鲁迅就和大圣结缘了。你看，这块石头上，不是赫然印着鲁迅的半身像吗？但不是印上去的，是天然长上去的。鲁迅的风骨，民族的魂魄，是不是跃然石上？他还甩出了几点墨迹，差点弄到孙悟空的帽子上。孙悟空在此，有跃跃欲试之气势，有眺望远方之神态。他似乎顾不上和鲁迅谈论文学，也顾不得欣赏鲁迅的诗文，他是不是在急切地说：俺老孙去也，“只缘妖雾又重来”？鲁迅像是在目送着他，目送着这个坚韧的斗士去保护唐僧取得真经。

谁在桥上走

是波光粼粼中的一座桥吗？桥上行走着一行……不是人，是动物，是活灵活现充满灵气的动物。那是一只狗吗？狗的背上还有一只小狗，欲过河去，回到主人的家，也是它们的家吗？如果像一匹马，那马背上的可就不是狗，分明是一只猴子了。马上封侯，多好！前边悠悠然打前站的是一只猴子吗？那猴子是马背上猴子的妈妈还是爸爸，还是猴的子女、继承人，尽可以浮想联翩了。如果那是一只顽皮潇洒的松鼠，这也很有趣。但愿那只狗，没有“狗拿耗子多管闲事”的闲心。同走在一座桥上，总是缘分。前不见古人，后却有来者。有河就有桥，多一座桥，多一条“天堑变通途”的路。人与动物相处，都在路上，都向往着回家，这就是人们和动物们不错的行程和盼头了。

金猴荡舟水帘洞

美猴王也许知道，“皇帝轮流做，明年到我家”这句话本身就是一句可望而不可即的空话，所以他才要干点儿他能干的“重修花果山，复整水帘洞”的实事。这实事化成了实景，落在金海石上。看，这金猴多么潇洒自如，惬意专注，划着一叶小舟，悠悠然荡舟碧水之间。别说猴子陶醉，人都陶醉了；且猴子后边还有一位“蓑笠翁”，望着寒江雪化作的雨帘是想与孙猴子套近乎吗？这情、这景哪里找？谁都向往世外桃源，可世外桃源在哪里呀？无处不青山绿水的祖国大地，如今想寻找一泓没有污染的清澈、干净之水都有些困难了。再看这石头上的水帘洞，还有纵横交错的树干、摇曳着阴凉的树荫，是不是很令人向往？好一个金猴荡舟水帘洞。

乾隆拜佛

好大一棵树，好大一场雨。那果然是乾隆爷冒雨在树下拜佛吗？神态很虔诚，虔诚得这个世界一时间都成他的了；但他心中有佛，眼前有佛。人说，救人一命，胜造七级浮屠。那盘旋而上的宝塔之上坐着的，是一尊佛吗？佛望着远方，似乎没有回眸乾隆爷的意思，但乾隆爷有与佛“相看两不厌”的神情，乾隆爷看得也很远。乾隆爷曾经多次登上丫髻山，丫髻山离金海湖不远，所以金海湖的波光就摄下了这永恒的瞬间吗？

大脸

买这块石头的时候，那位还算楚楚动人的妇人说，这块石头叫大脸，北京人好面子，讲究面儿，所以这石头就叫大脸。我不用细看，石头的图案隐隐约约像京剧脸谱里的一张脸，这大脸还真够大的。要面子果然是有些人的本性——哪怕是死要面子活受罪，也是要不惜血本摆阔要面子的。有个小伙子和我坦言，别看他开着名牌轿车，吃炒饼连肉丝都舍不得搁。还有个少妇跟我说了实话，大房子是买了，但百八十万元的贷款，还到多会儿是个头儿啊！为了一套房，得省吃俭用一辈子。看来要面子，还真难免活受罪。想想，花不太多的钱，买一块大脸石摆在家里，应该不算是打肿脸充胖子，也可算是高品位、高档次的收藏吧。

动人奇石不须多，再多了读者可能就看烦了。当然，如果多买几块奇石，放在哪里也坏不了。指望它升值也不是不可以，因为金海石再多，也是有限的。想淘换几块精品绝品的金海石，以后会像大海捞针一般难。

蝙蝠与黑鹰

写给一块酷似蝙蝠和山鹰的黑色灵璧石——

维纳斯少了一只臂膀，才飞向了最高的艺术殿堂，飞向了最多的欣赏目光，给人留下无限的想象。你向黑夜发去过冲击，与山崖展开了血的碰撞！你失去了半截羽翼，却跌跌撞撞来到我身旁。经过短暂的疗伤，我知道你在沉思、在梦想……如果你是一只蝙蝠，你将会穿越黑夜飞入百姓家，为人类送去福祉、福音、吉祥、安康……如果你是一只黑鹰，你将驮着万里云雾，飞向红艳艳的太阳。世上哪有完整的人生？残缺的美至高无上。莫说拼搏和较量，带血的伤口化作不朽的诗行。

红色遐想

写给一块叫作新疆彩玉的石头——

一带一路，霞光映照的层峦起伏的山脉；蓝天下，你是一条地球上永不消逝的红飘带。有人说那是一串红蚂蚁，有人说那是一条腰缠万贯的红腰带……

无论怎么说，那一圈红一道红一线红，都情系着红红火火的日子，红红火火的年代。有人说这叫一带一路，一带一路绵延不断，蜿蜒远去。那一条曲曲折折的路，通向远方，远方的山，远方的海……

就是这一带，一带的诗意丰富多彩；就是这一路，一路的风景徐徐打开……

宏图大业

你肯定是天底下最大的树叶，你肯定是天底下最沉的树叶，一块灵璧石，形状酷似一片树叶。也许你在地下经历了太漫长的黑夜，如今你的身上呈现的还是乌金色，但在你的叶片上，却又凸显出一片像火凤凰似的红色，像一堆燃烧的火，像一片燃烧的朝霞，像沸腾的热血……所以，有人给你取名红运当头，有人给你取名宏图大业。你果真是一片霸气、硕大的树叶。你是一片雷打不动、风吹不落的树叶；你是一片永远不会枯萎的树叶。但，你并不自以为傲。你默默地、默默地把自己的生命呈现在人类的视野……

无论叶片多大多小，都是树冠上的一根羽毛，叶脉是命脉也是血脉，有血性的好儿好女，来自大树——母亲的怀抱，投身大树——祖国母亲的怀抱。别管宏图大业有多大，都要把养育自己的祖国回报。

奇石伴书香

园无石不秀，室无石不雅；厅无石不灵，人无石不安。我不光收藏奇石，家中还有上万册图书。我家曾被评为北京市家庭藏书状元户。与此同时，我的家又是一个奇石之家。庆幸我有一个农家院，且造价也不过买一套二手楼房的税钱，这农家院省了钱，可以买石头，农家院里还有足够的地方放石头。我的书房里、客厅里、走廊里、菜园边，都摆放着石头。我还盖了一个小石馆，叫拾时实识奇石馆。我对石馆名称的解释是：拾取最容易失去的时间，收获属于自己的果实；识别比金玉金贵的石头，还有比石头更珍贵的人心。石馆不大，却是奇石世界，那些来自五湖四海的石头，造型各异，颜色各异，琳琅满目，别有洞天。置身其中，倍觉心旷神怡，眼界大开。那浓浓的石头的文化品位，挥之不去地弥漫着。

对于石头，我有着太多的感悟。无论在远山，在深海，在寒舍，还是在华贵的殿堂，石头都是那么安然安详安稳安静安宁。石头能陶冶情操，修身养性。“石”来运转，这年月干什么事都有可能阻力重重，谁都想讨个好运。赏石观石玩石问石闻石听石品石……看石看得多了，就有所感有所悟。也许因此，我还与摄影爱好者、小儿子高天然合作出了一本诗歌摄影集《感悟奇石》。我给百十块石头配了百十首诗。看了这本书的人，都说这是一本难得的好书。我得感谢那些石头，是那些石头让我产生了写诗的灵感，我是在与那些石头对话，那些石头仿佛也在与我对话。石头真的是会唱歌也会说话的，石头也是有感情的，石头更是有生命的。抚摸着那些石头的时候，就会想到很多人很多事。长夜难眠的时候，我往往拿着台灯或者手电筒，照着那些石头，看来看去。这情趣谁能分享？真乃乐在石中。

说来说去，我还应该算是个作家，或者说叫诗人。但我玩石头，却一点儿也不玩物丧志；玩石头，恰恰是为了文学创作更上一层楼。石头给我带来了灵感。今年春夏之间，我收藏了不少的石头，同时也创作出了七篇抗战题材的中短篇小说。我在作家出版社出版了52万字的长篇神话小说《八百岁少年传奇》，其中就写到了大量的石头。书中的女主人公木华艳，为了给“老国我”凑齐八百块奇石的生日礼物，最后把自己也化作了一块奇石。有人称这部小说为“生态预言”的小说，其中的人物最后大多化作了石头。人生难百年，石头却千古。爱石就是爱生命。

奇石已是我生活的重要组成部分，我这一生都离不开奇石了。石头会让我的生活更美好，让我的人生更精彩。与石相伴，其乐融融；与书为伴，其乐无穷。

奇石放歌

千山万水，万水千山，石头的歌千万年也唱不完。中国的石头折射着中国的历史，奇石上可以找到无尽的画卷。这块石头上有盘古开天地的影子，那块石头上有大禹治水的图案；唐僧和孙悟空居然是取经的后来者，几亿年前的石头上，就有唐僧师徒西天取经的画面；贾宝玉含着玉石在清朝出生，黛玉葬花怎么就跑到了亿年前的石头上面？那块灵石化作的孙大圣，永远活在人们的心间。

奇石就奇在它像奇特的画，打开“国画石”，画家谁不汗颜？奇石就奇在它像奇特的诗，打开诗集，诗与画神奇地再现。李白把酒邀明月，白居易伴着那个卖炭翁去烧炭。这里是野渡无人舟自横，那里是大渡桥横铁锁寒；成吉思汗弯弓射大雕，骏马踏醒万里大草原；这块石头上是郑和下西洋，那块石头里是乾隆下江南……

石头伴随着人类的脚步一路走来，每一种石头都是历史的诗篇。“轩辕石”可是轩辕留下的遗产？鲁迅长叹：我以我血荐轩辕。“金海石”折射大千世界，“大化石”演绎气象万千；“雪浪石”让人想到千古绝唱惊涛拍岸，郑板桥可是比“竹叶石”来得晚；“梅花石”依旧散发着幽香，“戈壁石”让人想到那空旷的戈壁滩；“太湖石”是太湖里的美女，“菊花石”比李清照词中的黄花丰满。

红军曾在万泉河的石头上把刀磨，“雨花石”把多少日军屠刀下的同胞悼念；百万雄师过大江定格在“长江石”上，人民英雄纪念碑是对英烈永远的点赞。毛主席纪念堂里那尊汉白玉雕像，是对领袖永远的缅怀。“鸡血石”里流淌着中华民族的血脉，“斧劈石”开拓出一道又一道幸福泉；“桃花石”演绎人面桃花相映红，“硅化木”是中国人挺直的腰杆；“木鱼石”会唱歌，让你一展歌喉，“灵璧石”有灵气，给你诗的灵感。

“九龙壁”让人想到图腾，“寿山石”让人想到延年；“雪花石”和“红花石”，都让人感受到春天的温暖；面对树化石不要感叹，人的寿命居然比树还短；“龙尾石”让人想到龙头出海，“彩霞石”绘出朝霞和晚霞的灿烂；“泰山石”不光让人感到一览众山小，“金钱石”不一定给你多少金钱。金钱身外物，石头永远留人间。

“燕子石”飞入寻常百姓家，“枣花石”红了多少农家院；“连理石”未必联系着连理枝，“牡丹石”国色天香把君伴；让人神往的恐龙消失了，好在留下了一枚枚“恐龙蛋”；“孔雀石”张开绿色的翅膀，“玛瑙石”绽放红色的火焰；“绿松石”高唱生命的赞歌，“龙马石”把龙马精神代代相传；“石镜石”折射真善美的面孔，“七彩石”辉映生活的色彩斑斓；“菩萨石”保佑人们世代平安，“三峡石”上有过海的八仙，还有仰天长歌的屈原；“通远石”让你看到更远的远方，“星辰石”伴随你走向黎明的彼岸；“贺兰石”演奏着岳飞的《满江红》，“大漠石”让人看到长河落日圆；“新疆彩玉”跳动着燃烧的火苗，“绿泥石”捏不出世外桃源；“龙纹石”伴着人类的皱纹，走过又一个人生的秋天；“黄河石”再现多少黄河龙，龙的子孙正乘风破浪，把一个个奇异的梦想实现……

遐想石头

是一块块石头的巧妙组合，组合成了我们头顶的苍天；就连高悬在天上的日月，也是两块石头在旋转，释放光明与温暖。传说，当年天漏了，是女娲用五彩石修补天空，补得天衣无缝，天圆地方。天，是人类最大的保护伞，石头和星星砌的天下，是我们的摇篮与家园。

是一块块石头的友情组合，组合成了脚下的大地和高山。石头是地球不可或缺的骨骼，是河流拥抱着的古玩与生命线；就连那座先人用石头码的长城，也好像两排张开的坚硬龙齿，吞噬了那么多的黑暗和硝烟，吐出了朝霞，红了塞北江南。

石头，无论大小方圆，都能让生活变得美好美满。祖先把石头打磨成石器。石斧石镐——开垦石头梯田；石磨石碾——旋转时来运转。

一条晶莹的石项链，拴住了爱情的照片；石头冶炼成李白的诗花——红星乱紫烟；石头铸造出杜甫的诗篇——广厦千万间。石头填进路基，长路通天易；石头变成水库，大坝锁龙难。有石头支撑着我们的空间，天不会塌，地不会陷！

生活像石头千姿百态，五彩斑斓。神女峰、飞来峰、南天一柱，比奇石多的奇迹追赶着日月，在长江边与黄河畔不断出现。

自古人与石相伴，相伴走过了多少年？从石板炕上落草，到石碑底下长眠。人，伴随着石头每一天。如果说土壤是温柔浑厚的女人，石头就是顶天立地的男子汉。人与石有情有缘，哪怕石头没有完美的造型和图案，人与石相对，也像情人相看两不厌。纵然是一块块普通的鹅卵石，也会孵化出千万只白天鹅，翩翩，驮着比奇石美丽的梦想，飞向广袤的碧野，辽阔的蓝天……

第二辑　人生有梦

我的作家梦

少年时代我便揣上了作家梦。那几年和姥爷做伴，夜晚，姥爷的炕头上，一侧放着一口棺材，一侧躺着熟睡的姥爷；我则盘腿坐在那盏油灯下的小桌前，写诗作文，写出来的稿子，放在那个吊在椽头上的篮子里。考大学名落孙山后，在古戏台前看电影，那位女同学忽闪闪的大眼睛，又点燃了我当电影编剧的梦……

——题记

1977年12月9日下午，一辆载着50多名考生的解放牌汽车，拐弯抹角行驶在前往斋堂考场的盘山公路上。途中，汽车险些与对面驶来的一辆车相撞。好在是有惊无险。

那年高考作文的题目是《我在这战斗的一年里》——当时感觉这题目有点大，我这战斗的一年，那张纸怎么写得下？那是我回乡务农的第一年。耕地、伐木、放牧、修路、架设铁塔，还兼着村里的出纳、大队的兽医……成天忙得不知道东南西北。那年恢复高考消息公布后，我正在整大寨田。不久，我就穿着一件蓝大衣奔赴考场了。结果，我们那一车考生全部名落孙山。

命。我们刚上学就赶上了“文化大革命”。上小学时，常常帮着村里去修水库，抬石头；上初中时，每天下午去整“五七”田，还是搬石头；上高中时，搞开门办学，时常几个人一组，坐到永定河畔的大石头上，念报纸。就这么混了十几年，也难怪名落孙山。而我崇拜的那位女同学，第二年一举考上了北京大学。

那天，在永定河畔巧遇那位即将走进北大的女同学。望着她的背影和碧水蓝天，就吟出了一首诗：

不信那鸟儿
成不了我的收获
不信那乌云
会遮住我的蓝天……

少年时代我便揣上了作家梦。

最后一次和那位女同学在古戏台前的大槐树下看露天电影，她的一双大眼睛忽闪闪又点亮了我的编剧梦——想得很美：用不了两三年，我的女同学大学还未毕业，我写的电影剧本便发表了，拍成电影了。那时我和她还坐在这个戏台前，看我编的电影。

满天都是星星。从此，我就放弃了写一般的诗文，专攻电影文学剧本。一间小屋，一张小桌，一盏灯下，一个晃动的身影——那就是我，我在编电影。那是用“夜余时间”编的，白天还得去干活。

我一连写了几个剧本，剧本投出去后，还得到了回复。我还到文化部剧本委员会，拜访《剧本园地》的编辑。有个女编辑说：我的文字水平远远超过她三个大学生女儿的文字水平，希望我多看、多写。

回到小村后，我写出了剧本《怒火》。编辑回信说：你的剧本在业余作者中很难得。但是……这剧本还是被毙了。毙了我也不死心，还写。

利用夜晚时间写剧本，时间远远不够用。上阵父子兵。当时父亲给队里放羊，我便与他交换了工作，让他下地干活儿，我上山放羊。"野心"是：一边放羊，一边写剧本。

那个秋天，大雾弥漫。我又在山上入神地写剧本……抬头望羊的时候，羊群已经不见了，我便去找羊，可迟迟也找不到羊群在哪里。雾深不知处。天黑了，我大哥他们又去找我。他们担心我是凶多吉少了。近半夜，我才回到我的小屋。

好心的郭老师给我写信，建议我自修北京语言文学自修大学相关课程。我专程去北京报了名，开始了三年的所谓大学生涯。我在高山上一边放羊一边看那些大学教材，还继续写着剧本。我还写了一首叫《青山上的大学生》的诗。我把这诗用录音机录下来，放给乡亲们听。有个村姑听了，小脸被感染得山丹花一般红。

在自修大学期间，我又上了两次鲁迅文学院函授班。后来，我的中篇小说《诗人放羊》被《阳光》杂志发表在头条，还配发了照片和创作谈，我的中篇小说集《唐朝瓜》被选入鲁院丛书。

文学也改变了我的命运。

编辑记者搭鹊桥，我和顺义文学女青年结为伴侣。我在顺义这块大平原上，遇到了一位贵人，有人说是伯乐。时任顺义县县长赵义，念我常常发表作品、著书立说，便将我的农业户口转非，让我"飞"到了顺义文化馆。我可以踏踏实实写东西了，我在不断圆着作家梦——陆续发表了一千多篇文学作品，出版了近20部文学图书。后来，我加入了中国作家协会，当上了顺义区作家协会主席。我的散文集《太阳照耀我们》获得了第五届冰心散文奖。我的小说、散文、诗歌、报告文学、少儿文学等作品，先后被选入国家级年度选本。我的长篇神话小说《八百岁少年传奇》被作家出版社推荐参加大自然生态文学奖。著名作家浩然曾称我为“多面手”。可回想起来，我还没有发表过一个电影剧本。

我都 30 多年不敢写电影剧本了。

那年，我的小说《门神》获得了梁斌小说奖。我将这小说改编成了电影文学剧本。好梦成真，我这个剧本隆重地登上了国家级刊物《中国作家》第三期影视版，上面还配发了我的照片，是我在当选顺义区文联副主席后拍摄的。

终于圆了一次发表电影剧本的梦。回想起我在放羊的山上写剧本，把羊弄“丢”了，把我也险些弄“丢”了的情景，有些激动。望着剧本《门神》，我做了一个梦：在古戏台前那棵大槐树下，我和乡亲们，还有我那位女同学，一起看我编的电影。

梦吗？但愿这不是梦。

40 年一回眸。听郭老师带话说，我那位留学国外、远嫁海外的女同学捧着我的书，发出了我肯定爱听的感慨：高国镜当年没考上北京大学，可他比我这个考上北京大学的学子还有成就——老同学高国镜，圆了他的作家梦，为他点赞！

诗意端午

端午节是所有中国人的节日，也是我个人的节日；端午节也是那位佩戴着兰草，跳入汨罗江的爱国诗人屈原的纪念日——端午节注定是一个充满诗意的节日。

听娘说，那个端午节，白白的羊群上山了，坡上开着红红的山丹花，像是打着小红灯笼，迎接我的落草。从此，那个诗意的日子，就成了我诗意的生日。

儿时总是傻傻地盼过生日，似乎不知道人过一个生日，生命就是少了一岁的。

记得那一个个端午节，我总要到山坡上去采艾蒿。把艾蒿插在门楣上，再顺便插一枝山丹花，那诗意就愈发浓烈起来；山里人是家家门上插艾蒿的，不管插艾蒿是不是真能辟邪，那肯定是一道诗意的风景。如今，艾蒿的香味仿佛还在我周围弥漫。

父亲摘回来一葫芦瓢桑葚，紫的、红的、白的，那就是给我的香甜的、回味无穷的生日礼物了。母亲准会给我煮几个鸡蛋，往往还要把鸡蛋染红；那山丹花蕊是上好的红色颜料，把它抹在鸡蛋上，白色的鸡蛋就变红了，那叫寿蛋。母亲说，生日吃了鸡蛋，一年都顺当，叽里骨碌就过来了。于是，我拿着那红红的寿蛋，手里举着山丹花，满山跑着——那少年的生日，怎么说都是与诗意分不开的。

而今，那个拿着红红的寿蛋、举着红红的山丹花的少年，就那么骨骨碌碌走过来了——一晃荡，我都在这个世界上过了五十多个端午节了。回眸这半个多世纪的历程，风风雨雨，坎坎坷坷，但我把每一个端午节都看成等着迎接我的诗意的节日，看成一首浓郁的田园诗。我从少年时便喜欢写诗，一直不弃诗笔。即便过了五十岁，我还一连出版了三部诗集。上天和父母赐给我端午节这个生日，我要把人生当作一首诗来写。端午节是一个万物复苏的季节，这节日不但充满诗意，也洋溢着暖意。回顾我度过的每一个生日，总能留下几缕诗意的回味。

亲朋好友送我的每一个粽子，其清香都是永远挥之不去的；那年参加中国西柏坡散文节颁奖会，恰逢我的生日，有那么多作家向我举起了祝福的酒杯。

妻子知道我最爱的花就是京西山坡上的山丹花，便从老家挖来几个山丹花疙瘩，栽到我家院子里的花池子里，从此那花年年在端午节前后开放，那红红的小雨伞，红红的小灯笼，便是给我最好的生日礼物。那花儿照亮了我的眼前，也照亮了我的心头。那花儿是摇曳着的一首诗，是燃烧着的生命火炬。

儿子七岁那年，放学归来，从半路上买回二斤豆角，到家说是给我过生日用的。于是，那红烧肉外加焖豆角，就透着一种持续不断的红亮和绿色的诗意了。妻子给我擀长寿面，寄托着对我诗意人生的无限期许；因为只有诗意的人生，才是有意义的人生。

那年，姐姐给我们编织了五彩线，让我们戴在手腕上，以保一年平安。我在感叹这彩线拴不住时光的流逝，我们都在无奈地走向天堂的时候，也提醒自己，更应该珍惜每一个端午节，每一个端午节的诗意。只要心存一缕诗意，一切都将变得美好。

那个端午节，儿媳还没过门，就拎着生日蛋糕，还有两箱子书、一幅国画，和儿子一起给我过生日来了——我知道，我们分享的不仅仅是奶油蛋糕的美味，还有生活的诗味；那红蜡烛释放出的不只是光与热，还有不断绽放的诗意人生。

每个人的人生其实都是充满诗意的。大诗人屈原的人生是诗意的人生，他虽死犹生，身前身后都是诗，连如今法定的端午节小长假，都是和屈原连在一起的。他沉江几千年，那龙舟为他划了几千年；人们为他包的粽子飘香了几千年，他的诗在人间流芳了几千年。我们不能和屈原比，我们不是诗人，是凡人，可凡人的人生不也同样是充满诗意的吗？

院子里的山丹花又要绽放了，那沉甸甸的蓓蕾，多像一支支饱含真情的诗笔呀！

守望文学的麦田

有一个传说，除夕晚上看麦子，也叫看年景。最好是雪夜，提一盏马灯，放在麦地一头，人走到麦田的另一头，匍匐下身来，等到午夜12点，如果从这头向那头望去，借着马灯的灯光，看到那麦苗忽悠忽悠的，像微风刮着，那来年就肯定是个好年头，那就能收获更多的麦子，就有没完没了的大馒头吃了。但前提是，必须在头年的秋天把小麦播种在田野里——如果把文学比喻成麦田，那首先要在麦田里耕耘，才能在麦田里守望，才能看到绿油油的麦苗，收获到金灿灿的麦粒。我没有在除夕夜看过麦田，却常常三更半夜起来，打开电脑，在网络上看顺义作者发没发作品。我最期待文学的麦田里，能有顺义作者的身影和收获……

已是小雪时节——此时的冬小麦又住进了田野。如今顺义走向了城市化，奔向了工业化，碧绿的麦海渐渐少了，但在人们的记忆里，麦田没有消失；在作家的笔下，在他们创作的字里行间，麦田依旧荡漾着翠绿，翻滚着金黄。这就是文学，文学就是让消失了的东西还能够重现在白纸上，还能够浮现在后人的眼前。

五年前的早春二月，小麦渐渐返青，在潮白河畔财政局培训中心，在那个被北京作协秘书长王升山称“暖烘烘”的会议室里，我在鲜花的簇拥下，做了顺义作协第一届五年工作报告。在一片热烈的掌声中，我当选为顺义作家协会主席——这个所谓主席，其实算不得官，不算实际的职务和职称，也不拿一分钱薪水。可那天走出会场，望着潮白河畔的麦田，我心潮起伏，心中就涌出了一行字：做文学麦田的守望者和耕耘者。

文学是永恒的星星，不会熄灭的灯塔；或可以说，世间有小麦，人间就会有小说。文学真的不是人人、天天都需要的包子饺子，文学只是一种精神食粮。文学在滋养作者本人的同时，也潜移默化地滋养着别人。不管我是趴下去还是站起来，都愿是文学这块麦田里的桥梁和纽带；我愿提着马灯，在文学麦田里看丰收的景象；我愿是文学长路上的一块铺路石，我愿是文学溪流里的一块踏脚石。这自然是一种享受。

如果把一大串报刊的名称组合起来，像一层层麦田；如果把一大串诗文的名称排列在一起，像一层层麦苗。这些年来，顺义作者的作品不间断地登上了国家级和省市级的报刊。我望着他们的一篇篇作品，就像望着一块块麦田；那一行行文字弥漫着墨香，有时候那墨香似乎真的胜过麦香了。这就是文学的魅力。

每当我捧着顺义作者出版的图书翻阅的时候，就像捧着一方散发着泥土清香的厚土，就像分享着六月间那一层层颗粒饱满的麦穗。文学不是麦穗，也像麦穗。我们离不开麦穗，也离不开文学的麦穗。

在那个白雪覆盖着麦苗的冬日，顺义文人刘殿玉把一部沉甸甸的书稿交到我手里。待我做了甲状腺手术，将这部书稿看完时，望着又一茬返青的麦浪，我觉得那部书稿也像一地绿油油的麦苗。我愿意成全这部书。

曾经有那么多作者拿着沉甸甸的书稿找到我，说这书稿出版社说可以出，但需要作者掏点银子，问我能不能给想想办法。我后来斗胆给宣传部部长写了一封信，请求支持当地作者出书。后来那封信批到了文联——越级写信应该是犯忌的，但这事也变成了好事。时任文联主席高源找到我，说区里不是要年年给文联 10 万块钱吗，咱们就设立一个文学奖吧，你给起个名。当时我就说：就叫潮白河文学奖吧。于是便设立了顺义的文学最高奖。此后，顺义作者出版的近 100 本书，都获得了奖励。

这个奖后来改为潮白河文学艺术奖，一年一届，对顺义作者发表的所有作品都进行了奖励。一连评了两届，500 多篇作品获奖。

这个奖沉甸甸、金灿灿的。那红艳艳的烫金证书，那还不算薄的奖金，是值得庆贺和骄傲的。有个作者风趣地说：我得了 1 万元奖金，这 1 万元奖金，那要是买麦子，快买到 1 万斤麦子了。

没有田野，在何处种小麦？发表作品，自然需要平台。我的电脑里，不断有稿子发来；也常常有作者拿着稿子找到我，让我给推荐；也有作者在报刊上发表了作品，高兴得有点奔走相告的意思，就把作品的样报或样刊送给我。有些作者的作品发表不了，苦恼着；有些作者的作品发表了，又苦于无人知道。后来我就想，能不能办一个刊物，把他们的作品发表出来，把他们发表过的作品选刊出来？这不就是一个很好的交流平台、学习平台吗？于是一份叫《顺文学选粹》的内刊悄然诞生了。

我们有了自己的文学麦田。

几度风雨过来，这文学麦田里长出了一茬又一茬文学的小麦。而今，望着第九期样刊，那墨绿色的封面多像一块麦田啊！在这块文学麦田里，出现了一个个作者、一篇篇作品。但终因经费的问题，这刊物只能和读者说再见了。我于淡淡的失落中，望着小雪过后的麦田。

文学终究不是小麦，但人类真的离不开文学。“冬藏”这个词很有意思。农民在收藏五谷杂粮、蔬菜瓜果，作家是要收藏书的。是在那年，发怵求人的我东奔西跑，居然在顺义文化馆“求”到了一间房子，是时任文联主席高源大笔一挥，写了一行字：顺义艺术家书屋。从此，这个屋子就弥漫着书香，就成了顺义作者的好去处，也可算是作家之家吧。这家里的人气还挺旺的。顺义不乏麦香，也不乏书香。书屋成立不久，不少作者把自己的书捐献到这个书屋里。

阳春三月，春雨淅淅沥沥滋润着绿油油的麦海。那天下午，一位知名的作家笑吟吟地在掌声中走进了顺义的一个中学。这是顺义作家协会举办的作家进校园启动仪式。

几百个学生的掌声在校园里经久不息。那雷鸣般的掌声，似乎要把那遍地的麦苗唤醒，把文学的新苗也唤醒，把我的心拍打得暖融融的。

有位会员的老父亲得了不好的病，我把儿子给我买的一棵野山参送给了那位会员的父亲。听说我的嗓子有毛病，有作者送给我自己都舍不得喝的岩茶、雪菊，让我保护嗓子。还有不是一个作者，在背后偷偷给我念“大悲咒”，祈求我早日痊愈。我不好说我信不信佛，但我坚信：人是一座庙，心是一尊佛。佛就是一颗善良红亮的心。有那么多善良红亮的心想着我，簇拥着我，绝对能够换回我的诗心和诚心。即便我或早或晚西去了，也要把我这颗心留在顺义的麦田里，让它化作一盏灯，照亮别人和后人。

一颗石头投进麦田，不会激起千层浪，但春风肯定会唤醒沉睡的麦田，也包括文学的麦田。

行走的留影

人与万古不变的高山大海相比，其实就是这个世界上的匆匆过客。在祖国的山水间留一堆影子，且还有几十张跑到了我的所谓著作里，并有一张走进了中国作家大辞典中。凭这些照片，后人知道我来过走过，我也该知足了。

——题记

层层大山遮挡住了山外的镜头，让少年的我连张照片都没留下。说来也有几次照相的机会，但我都错过了。

十岁那年，身为支书的母亲带着下乡干部在村头照相，母亲招呼我也去照一张，可我怕见人，背着采药的篓子，狍子一般窜到山上去了。这次难得的照相机会，就稍纵即逝了。

十八岁那年，照相馆的同志下乡为工农兵服务，姐姐拿出了七角钱，咔嗒一声，就把我青春的影子永远地留在了那一瞬间。1977 年 5 月，我又借出差的机会，偷偷钻进县城的照相馆，照了两张相。后来，其中的一张放到了我写的书里，被一个打字员看见了，她笑个不停，直说我当年可是帅呆了。

想来1979年五一节，也许是我此生过得最充实和轻松的一天了。刚过20岁的我，心血来潮写了一部长篇小说。借着往出版社送稿的机会，我悠然地逛了一回北京。我先去了颐和园，站在万寿山上写了一首诗，下山后又在昆明湖畔照了一张相。

把逛公园换成“旅游”两个字，应该是20世纪80年代以后的事了。

我的第一次出京旅游，是在1985年初夏。那天，我们一行几十人，坐着一辆租来的大轿子车，于凌晨两点起床，身上还带着干粮，乘车奔向承德避暑山庄。时间过于匆忙，在山庄前照了一张相，说是快相，却没来得及取，车就要走了。我急得直和那照相人说，千万把照片给我寄来呀。一周后，照片到了我手里，黑白的，2寸，俩人同守着一只石狮子，俩人都是我。

说起正式照彩照，是1988年去北戴河的时候。那天去“鸽子窝”看日出，人们都想照一张手托日出的彩照，我最终没照成，白起大早了。可此次归来后，却收获了半相册的彩照。第一次过足了彩照的瘾，从此那彩照就与我相看、相伴两不厌了。

1989年开春，身为农民身份的乡文化站站长，我自掏腰包买了一架傻瓜照相机。从此不光别人给我照彩照，我也在记录别人的彩色生活。我还举办过几次摄影展（配诗）呢。

后来随着旅游的升温，我的脚步也开始向远处延伸了，不延伸好像就跟不上形势了。

从前望着蓝天上银鹰的影子，比鸽子大不了多少，悲观地以为，今生怕是连个飞机也坐不成了。后来发现，坐飞机也成了凡人的事，那机票要是打起折来，往往比火车票还便宜。于是就飞吧，飞吧。飞到了海南，当然要在椰风海浪间留念；到过五指山，走过万泉河，连天涯海角都去过了，似乎没必要再远游了。渐渐才明白，“风景这边独好”的地方多着呢，于是又飞到了云南，脚印亲吻着七彩云南的红土地，更不会放过西双版纳和石林，哪怕是与那里的花儿鸟儿，也要尽情地合影。都过不惑之年了，还在大理与“五朵金花”（五个滇妹子）留了两张影。被美女簇拥着的时候，就感觉不虚此行。

看景不如听景，可听景听不来照片啊！那看得见的收获，那永恒的瞬间，全在影集里了。

是的，只要翻开这影集，那就没什么可后悔的了。若不是爬到长白山上去，你能望见那一泓天池水吗？若不是有缆车把你吊到嵩山上去，少林寺能让你鸟瞰吗？若不是跑到海边去，刘公岛的相师能和你要 600 元香火费吗？别提钱了，就说多少年后，我的子孙们望着我的彩照，说一声，我爷爷或是我太爷活着时可没少出去转悠啊。那就中了。

上有天堂，下有苏杭。对头一年间，我去了两趟苏杭。2008 年 5 月，我在那个坐落在杭州灵隐寺景区的中国作家协会杭州创作之家，度过了 10 天的创作假，同时也贪婪地照了一大摞照片。此时我的照相机也升级了，儿子给我弄了个数码相机。

2008 年 8 月 8 日是个什么日子，地球人都知道。一家报社和我约了两篇稿子，并在 8 月 8 日正反两个版刊登了出来，那自然是与奥运有关的文字；其中一篇文章还配发了我的一张彩照。

我的照片队伍如今可是壮大了，一大摞相册里，有数不清的彩照；电脑里面，有浏览不尽的剪影。当然了，最神气的留影还在后边——谁知道哪一座大山或哪一条大河，会成为我下一张照片的背景啊！

鲁迅小说与我的小传

我不敢与鲁迅比，却崇拜鲁迅；我身高比鲁迅高出许多，鲁迅却是我“须仰视才见”的伟人。世上有很多诗歌，我这个浓眉大眼的人格外喜欢“横眉冷对千夫指，俯首甘为孺子牛”。借鲁迅的小说题目，给自己写一段冗长的小传，绝对不是玩文字游戏。“无情未必真豪杰”——为人，情也；为文，情也。

20 世纪 50 年代一个山丹花吐艳、艾蒿飘香的《端午节》，一个“火猴”出生在京西大山深处的红金坨脚下。此前此后，我还有了一对《兄弟》，还有一个姐姐。父母为我起的名字叫高国敬，中学时我自己改成了高国镜。名字似乎有点高大上，人也有了远大的理想——揣上了作家梦。无奈，当时田园没有荒芜，学业却荒废了。三天两头儿放假，隔三岔五搞勤工俭学。哪有《从百草园到三味书屋》的去处啊，经历了不少的《一件小事》，也经历了有些大的《风波》。5 岁时与表弟在山下玩耍，让表弟用石头砸得头破血流，却没有造成脑震荡，也没有留下伤疤。13 岁去采药，滚坡落下山崖，是上天保佑吗？那面摔死过山民的陡坡，居然让我化险为夷，且没让我落下一星半点残疾。蓝天白云下，我依旧高唱着京剧《智取威虎山》。

有人说我不善言辞，谁知我在用文字一路《呐喊》，此间也没少《彷徨》。看了《狂人日记》，也想写“狂人日记”。那时总憧憬着《明天》，黑夜里寻找着《白光》；儿时喜欢饲养《兔和猫》，却少见《鸭的喜剧》；同情《孔乙己》，却又怕自己成了“孔乙己”；想看《社戏》，也想创作“社戏”；从小没少采《药》，青年时还学了《药性赋》，中年后也没少吃《药》——最好的灵丹妙药肯定是自己的心。18 岁上高中，21 岁考大学名落孙山，落榜后继续种地、伐木、放牧、修路、当会计、当兽医，还在铁路上当过守桥民兵，但干什么也没放弃写作。24 岁开始发表诗歌、小说。

28 岁离开太行山里的《故乡》，前往燕山脚下的他乡，娶了一位叫胡德艳的媳妇，至今也没打算《离婚》。俩人志同道合，一同耕耘在文学的原野上，却少有收获；相濡以沫，生有二子。曾在木林镇、李各庄乡当乡补干部，当的最大的官是文化站站长。36 岁时幸遇两位贵人——王恩桥和赵义，是他们牵线搭桥，把我借调到当时的顺义县委，从而让我农转非，端上了铁饭碗，这算得上鲤鱼跳龙门，改变了我的命运。但我没走仕途，却走进了顺义文化馆，目的就是写诗作文。无幸享受福利分房，却在他乡盖过两次平房，还买了楼房。我这个《高老夫子》，也算有了一个《幸福的家庭》；难免有伤心的事，又愿伤心的事《伤逝》。我这个《孤独者》，握着秃笔，想让自己的诗文《示众》，想为大众《祝福》；愿把文学当《肥皂》，给别人洗洗澡；却不想让别人当《阿 Q 正传》里的阿 Q……自己却难免用点儿精神胜利法，因为没有精神胜利法，我可能早就弃笔了。之所以写下去，也有心“救救孩子”。回头看，我写的小说居然比鲁迅的小说多了十倍还多，还出版了 20 本书，发表了诗歌、小说、散文、杂文、评论、童话、报告文学、电影剧本等千余篇拙作，可会有一篇、一部流传吗？一生很少《在酒楼上》，因为年近花甲连所谓副科待遇也没有，连初级职称也没有。到了 2011 年，倒是挂上了一个顺义区作家协会主席的桂冠。神马都是浮云，文学却与日月同辉；那行行文字，渗透着沥沥鲜血，墨水没把头发染黑，倒把两鬓染白了。曾经长了一头蓬松还带自来卷的秀发，很快就为《头发的故事》苦恼，因为刚过不惑之年，头发就开始变白了。感叹人生易老，焗油实属无奈。

过了知天命之年，仍旧在潮白河畔《理水》，姑且叫墨水；《采薇》，权做采撷文学的花朵吧；六十花甲，已是满头白发；退休在家，月退休金是三千八。好在，还能写小说，挣几个小钱，凑合也够花。异想天开乃是作家的本性，有感而发是写作的动力。收藏了一大堆的石头，却无女娲《补天》的壮举；但，有两块石头，即便女娲《补天》需要，也不想拿出来。案头上有一块金海石，上面的图案居然活灵活现像是鲁迅的半身像，还有孙大圣的脸谱；另一块石头，是一块彩灵璧，形状无异于火炬，阳光下像火苗在闪耀。鲁迅是我最崇拜的文人，孙悟空是我最崇拜的文学形象。我的命是火命，文学就是照亮人类的火炬。我想擎着这火炬，沿着鲁迅的足迹，继续一往无前。夜空下，爱望月喜月，神往李白，却没嫦娥《奔月》的想法。老了老了还在《铸剑》，想宝刀不老再《出关》吗？说《非攻》，其实还是想攻克文坛的堡垒。社会乱象，人心浮躁，文人绝对是被冷落了，文学也被边缘化了。但，火命的人心里却还揣着一团不息的火焰。

愚人似乎总是难以风生水起、春风得意，却又坚信长风破浪会有时——大器晚成为愿景，那得有生命做保证，待到七十古来稀之年，或可成就一流作家？然生命、寿命由不得人。一年多，得了两次病。2015 年 11 月 25 日，做了甲状腺肿瘤切除手术；2017 年 5 月 8 日，再次光顾医院，得了少有的格林巴利病，险些成为《父亲的病》的下场。人生无奈生老病死。倘若鲁迅想早日见谁，阎王想早日拿谁，哪怕是拿我，我也只能笑对早晚必过的节日了。说来说去，死是每个人必过的一道门槛。世间万苦人最苦，想什么、干什么总是偷着乐的人，想到那个字可能都乐不起来了。赤条条来去无牵挂，百年后只需一方《故乡》的乐土。

谁也不知道自己何年何月何日点起《长明灯》，都希望那天来得晚一点；即便快日落西山了，也还希望《起死》回生。鄙人还自以为满意的作品是由作家出版社出版的52万字长篇小说《八百岁少年传奇》。这是一部预言小说，还“险些”获得“呀诺达”大自然生态文学奖。我之所以塑造一个八百岁的少年文学形象，就想让人们即便活到八百岁，也要活成少年的模样。然而，对于人生，这样的想法不光是奢望，也纯属荒唐。鲁迅先生，即便我现在西去，也还是比你多活了几年。可生命并不在于长短。《朝花夕拾》的事，多留给后人干吧。但愿人生是一个《从百草园到三味书屋》的过程。下辈子还给我一个书屋吧，把这辈子不一定写完的诗文继续写下去。

贴着草原走一趟

闻名世界的呼伦贝尔大草原，对我这个京郊人来说，似乎是个遥远的地方，当然也是令我神往的神圣地方——话说回来，那草原又仿佛是离我最近、并不陌生还很熟悉的地方。从诗里歌里画里，我对草原好像还很了解，很有感情。在长篇小说《几度杏花红》里，我尽情地写了一章男女主人公草原上的浪漫婚礼，有些热心读者看了，打来电话说写得很美。实际上，我是凭想象写出了那一万多字。真正双脚踏上呼伦贝尔大草原，还是前两天的事情。说来得感谢顺义区文联主席高源。为了贯彻“走转改”精神，开阔艺术家视野，他带领辖区内八个文艺家协会主席，搞了一次草原采风活动。

我曾写过“骑着雄鹰去草原”的诗句，那天是乘着银鹰一气儿飞了两个多小时，就落脚在离北京三千多华里的满洲里了。刚走出机场，一位身着蒙古族服装的姑娘便热情地把一条条蓝色的哈达戴在了我们的脖子上。那一刻，凉风习习扑面，接着又是冷雨淅沥。高源主席让孟云会秘书长和吕顺河副主席买了十几把雨伞，为我们遮风挡雨。那脚步就亲吻着北方，把草原风情分享。

草原不是梦乡里的草原，梦中草原没有这么美丽和宽广。草原是牧养牛羊的地方，也是牧养心灵的地方。呼伦贝尔草原首先让我们产生了强烈的爱，爱伴着草的清香，随白云和苍鹰飞翔。我们爱草原，也更强烈地爱着我们的祖国，这草原真像一块爱国主义教育基地。凝望着当年毛泽东访问苏联乘坐过的那列火车车头，像望着历史的车轮在奔驰——祖国走到今天是多么不容易。在那个下马酒仪式上，我们接过草原姑娘递上的美酒，敬献天地人——那一刻，高源主席情不自禁地说：通过这草原之行，我真是忒爱我们的祖国了。盏盏美酒如鲜花怒放，为祖国干杯。贾文龙挥毫泼墨，抒发草原情。站在国境线上，我们望着属于俄罗斯的土壤。舞蹈家协会主席王玉玺和我开玩笑说：你这位叫国镜的作家，可别偷越国境呀。我说：我不会偷越国境，但我希望我的诗文能够越过国境线。王玉玺自豪地说：我们的中国龙是舞到莫斯科去了。那一刻，他在碧绿的草地上一连做了几个舞龙的姿势。摄影家李宗印把这瞬间化作了永恒。那一路上，最忙活的就是李宗印了，他时时关注着眼前的每一个画面，随时准备捕捉精彩的一幕。中巴车在百里千里草原上行驶着，每看到令人惊叹的好景，司机都会提供方便，让我们下车拍照。那一群群牛羊真正是好比珍珠撒，那一片片金灿灿的油菜花，那白色的蒙古包，那清澈的河流湖泊，让我们置身在诗情画意之中，同时也想用诗情画意的语言和画面去赞美那可爱的草原 。

车轮贴着草原旋转，心儿贴着草原跳动。我们一行人的平均年龄都快 60 岁了，那一刻却显得很年轻。望着那连连芳草和滚动的牛羊，我天真地希望那牛羊将我头上的白发当枯草吃掉，黑发像青草“春风吹又生”，把青春，包括艺术的青春焕发。在草地上打一个滚儿，创作的激情便带着草原的灵气释放。王先洲在颠簸的车里写了一首赞美草原的歌，尽情唱起来。车窗外是草原，车窗内是歌坛。就连把着方向盘的马师傅，也唱了几支深情洋溢的草原歌曲。爱在草原上延伸，伴着百灵鸟的歌声在原野上回荡。路俊杰把曲艺撂下，写了一首诗念了出来；我这个爱写诗的人，则即兴说了几句天津快板；刘永刚在车上不便作画，就引吭高歌；柴松林则唱了一嗓子黄梅戏。

草原是生长牧草的地方，也是滋生爱的地方。即使在草原上行驶一万里，我们还是情系每一棵青草。我买了一架俄罗斯望远镜，却是为了与中国的草原套近乎，把草原拉到跟前，最好能看清其中的蝈蝈和蚂蚱，还有星星点点的野花。那晚有俄罗斯姑娘的歌舞表演，我们看了一半就退场了，想踏着湿漉漉的草原尽情走一会儿，哪怕到海角天涯。

那天的午餐，有一盘大雁肉。我声明，这要是野生大雁肉，我可不吃，我只愿看着大雁飞翔在草原上空。那位东北妹子说：吃吧，哥，这是家养的大雁。我们来到浩渺无边、美丽无限的呼伦湖，乘着小船，与成群的海鸥一起游弋，多想一直行驶到贝尔湖去。如果呼伦湖、贝尔湖真是一对情侣，我们真不愿贝尔湖漂流到异国去。吃着呼伦湖里的全鱼宴，知道了什么叫味美味鲜；吃着草原深处的烤羊，品尝着奶茶，懂得了那位“只识弯弓射大雕”的成吉思汗，为什么要把万里草原踏遍。那天，我们站在额尔古纳湿地的一方，心与脚下的土地贴得很近，情却是那般幽深高远。举起相机拍摄到的是独好风景，放下相机延续的是不尽情意。

我们来到草原，不是观光旅游来了，而是采撷艺术的花朵来了；那天，我们都想写都想画都想跳……草原上灵感的火花不断闪现，因为我们有爱；生活是艺术的源泉，爱也是艺术的源泉。从草原来到天安门广场，郭诵唱出了不落的赞歌；从天安门广场来到草原，我们同样会谱写出爱的诗篇。我们这些长期生活在基层的、本无什么名气的乡土艺术家，需要走出去，哪怕是从平原上走到草原上，我们所创造的艺术世界也会别有一番新天地的。读万卷书——我愿读草原这本书；行万里路——明天，我们的脚步还会踏向草原的更深处。

《飞天》，作家的绿洲

曾经听我父母说，五十年代提倡移民的时候，我们一家京西人差点儿成了甘肃人。如果走了那条路，我们家离黄河就近了，离永定河就远了；离敦煌莫高窟近了，离天安门就远了；离百花山远了，离六盘山就近了；离北京猿人遗址远了，离相传的人文始祖伏羲、女娲的诞生地天水就近了。进一步说，那样的话，离那家比我年龄还大的《飞天》杂志就近了，离那个后来成为《飞天》杂志主编的、岁数比我小的马青山就近了。但后来我们家没走那条移民的路，因此，甘肃对我来说就永远是个遥远的地方了。但“海内存知己，天涯若比邻”，如果有缘分，和再遥远的人也是能走到一起的。

说来，我和《飞天》主编马青山就算是有缘分。十年前的那个秋天，我的好朋友红孩给我打电话，他们鲁院那班高研班学生想到顺义来转转，让我给安排一下。我就求了好几个人，最后求到时任傻大方学校校长的彭沛福头上，这位老弟痛快地答应了。彭校长是个热心人，那次活动他安排得不错，都是他一个人掏的银子。那天是我负责去那个大轿子车上接站，那一车小五十个男男女女，都是作家或副主编以上的角色。记得介绍来宾的时候，有一位看似儒雅、秀气、平易近人、白白净净的书生模样的人站了起来，很年轻的样子，他就是马青山。我很喜欢马青山这个名字，有诗意和阳刚之气。但马青山似乎又不像一匹马，起码不是烈马，不张扬，更不张狂，很文静的样子。我记得那次让作家们题词，他写了一幅字，“霜叶红于二月花”。后来我在电话里说起此事，他说那字不是他写的，那就是我记错了。但马主编真的是个了不起的书法家，我在报刊和图书上都看到过他的书法，很是令人爱不释手。

在那次活动中，彭校长安排我们去一个葡萄园里摘葡萄，大伙儿摘了一串又一串紫色的红色的黑色的白色的绿色的葡萄，马主编自然也摘了葡萄。后来就去吃饭，我记得马主编的酒量还是不小的，脸喝得红太阳似的，让秋日更多了一份暖意。后来又去焦庄户地道战参观，他从这边的地道里钻进去，又从那边的地道口钻出来，那风度还有点儿像个文静的八路军呢。在顺义的时间很短，后来我就把他们送走了。他们来了也就来了，那天我没和任何一个人要地址；他们走了也就走了，后来我也没和任何一个人联系。

很多年后，一位好心的编辑给我打电话，说是你有稿子可以给《飞天》的马青山寄过去。我先是订阅了他们的刊物，后来就给马青山寄了几回稿子。没有任何回音，我就不寄了。记不清是前年还是大前年的事了，我妻子不知想起什么来，把我刚写完的一篇小说，居然同时寄给了两家刊物。她的意思是，反正大多稿子也是石沉大海，就一稿多投吧，东方不亮西方亮。不料，时隔不久，我接到了《飞天》杂志编辑的一条短信，让我把那篇小说的电子版发到他们的诗歌邮箱里，还说让把一张照片和简介也发给他们。就在那天下午，我又接到《天津文学》编辑的一个电话，也是说让我把那篇小说的电子版发给他们，他们要用。这很让我为难，也很让我高兴。一篇小说两个地方都采用了，看来这小说不错。

到底给哪发呢？后来一想，毕竟和马青山主编有过一面之交，也打过电话，而《天津文学》的张映勤主编是实实在在没有见过面的，也没听到过他的声音，于是我就把电子版发给了《飞天》，向《天津文学》做了解释，说是以后有稿子再给他们。这么着，那篇叫《麻梨烟袋杨春来》的短篇小说就飞到《飞天》上去了。

我捧着样刊，在路灯下看了很久，回家又看了很久。我的作品下面有我的一张照片，是在越南和广西交界的那道大瀑布前照的，多少还有点儿帅气的样子，穿着白衬衫，胳膊上搭着红西服，背景是垂流直下不到三千尺的瀑布。后来马主编在电话里透露，说是这小说写得确实不错。我不得不佩服马主编的眼光，同时也不得不佩服《天津文学》张映勤主编的眼光。他们同时看上了这篇小说，可见他们都是独具慧眼的。《飞天》是中国北方优秀期刊，是甘肃省一级期刊，想在那上边发稿子的人，想往《飞天》上“飞”的人，肯定不少。所以，我就不好意思再给他们稿子了。

前年的六月份，我意外地又接到了《飞天》杂志社一位编辑，也是一位很有名的女作家赵剑云的电话，说是让我把《花为谁开一米路》的小说稿电子版发过去，此时我还有点半信半疑，我说我没有给他们投过这篇稿子呀。我还多余地给马主编打了个电话，问是怎么回事。马主编回答说，稿子是王童推荐过去的，他们看着不错，想用，八期就要用。于是我又一次登上了《飞天》。这回我真是想就此打住，不想再麻烦马主编给我发小说了。可没想到的是，今年的早春二月，我又接到了马主编亲自来的一条短信：把《鸽子伴随仕途》的电子版发过来。

怎么，我又要在《飞天》发小说了？……

在作家之家的感言

应该说，我还没成为北京作协会员的时候，北京作协就开始关注和培养我了。80 年代初，我多次参加了北京作协召开的有关农村题材小说的座谈会等会议，并参加了北京青年文学创作会。由于此间我已经出版了一本中短篇小说集，且有幸发行了一万多册，所以在 1995 年春天，我就很轻易地迈进了北京作协的门槛。2003 年我加入中国作协，北京作协那个大红公章也是起了作用的。

说句实话，我最初写作的时候，不太在意加入什么作协组织，觉得这是无所谓的，苦恼的是难以在文学上不断迈上新台阶、取得大的突破。当我加入北京作协以后，才知道作协这个组织不但给其会员起了桥梁和纽带的作用，同时让我开阔了视野。北京作协会员多，活动不可能都参加，但我还是参加了作协组织的不少活动，从而有了走出去的机会，有了与作家交流的机会——可以说，北京作协为我打开了一扇通往外界的门。

1996 年春天，我第一次随北京作协小说组的会员到延庆去开年会。延庆离顺义并不远，那次却是我第一次实实在在地在延庆落脚，并游览了古崖居。回来后，我写了随笔《有感古崖居》，读者还认为不错。

“上有天堂，下有苏杭。”我能在西子湖畔、灵隐寺下度过 10 天创作假，是北京作协和中国作协给我提供的机会。那是 2008 年 5 月 17 日，我们一行十几位作家和诗人走进了中国作家协会杭州创作之家，在那里度过了终生难忘的一次创作假。此间，我们不但探讨了文学，还各自发表了关于汶川大地震的感言。我朗诵了自己的一首诗《作家之家石榴红》——“果然是作家的好去处 / 北高峰下，灵隐寺中 / 第一次走进这等归宿 / 然而，刚刚山崩地裂的汶川 / 却撕裂着我的肺腑 / 一天三上北高峰 / 不求‘杭州一望空’的眼福 / 多想乘上伟人诗中的那只鹰 / 飞到巴山蜀水去 / 哪怕能挽救一个生命的音符 / 那天我才知道作家本没有家 / 哪里有人民的喜怒哀乐 / 哪里就有作家的眼睛和脚步 / 作家的心随着时代的脉搏跳荡起伏 / 那天，窗前的竹子沙沙作响 / 我多想用翠竹当笔 / 把真情真话吐露倾诉 / 那天，窗前的石榴花正红 / 满树满枝的红蜡烛 / 与我一起向汶川同胞祈福 / 没有在作家之家虚度 / 树上的石榴花红似火焰 / 愿我的诗文也像火红的石榴树……”

此外，我还写了散文《杭州那边有个家》《梦中再上北高峰》等。如果不是作协给我提供这次休假的机会，我当然不可能写出这些诗文。

2009 年 6 月 5 日，我又应邀前往中国作家协会北戴河创作之家度假，并在会员见面会上朗诵了《北戴河的浪花》这首诗——“天还是这么高 / 云还是这么白 / 海燕和海鸥依旧舞动着 / 诗情的音符和画意的节拍 / 一千年一万年 / 这里永远是一片 / 波浪滔天的大海 / 今天，我们来了 / 我们来了，古人没有来 / 秦始皇没有来 / 魏武帝没有来 / 毛泽东也没有来 / 还是他们根本就没有走 / 依旧在秦皇岛外思索徘徊 / 秦始皇还在求仙吗？/ 可惜，岁月没让他的头发变白 / 曹操还在扬鞭跃马吗？或是在写《步出夏门行》抒怀？/ 毛主席还在中流击水吗？/ 也许在把“换了人间”的诗句推敲修改？/ 沧海横流中 / 风流人物到底能风骚多少载？/ 碣石山都能被

大海深埋 / 英雄的诗篇为什么不会化成尘埃？/ 诗人的脑海未必有大海湛蓝 / 却像大海的波涛澎湃 / 诗人的胸襟未必有大海宽阔 / 却决不能像山谷一般狭窄 / 心既然是血肉和灵魂的结晶 / 心头的诗就该有情说情有爱说爱 / 无病呻吟的文字游戏 / 比垃圾更无用，比死亡更悲哀！/ 历史的车轮靠人民推动 / 人民的脚印靠作家记载 / 作家只有把自己投入生活的大海 / 灵感的火花才会像渤海的日出天天冒出来 / 阳光下百万朵奔腾的浪花 / 是我们滚滚不息的诗潮和文采 / 孟姜女哭不倒的万里长城啊 / 是传承炎黄子孙的龙脉……”

紧接着，2009 年的 10 月 23 日，我又随北京作协小说组一行几十人，赴天津观摩鼓曲和相声表演，感受津门传统文化。在那次座谈会上，想到前夜看过的相声《口吐莲花》，我想发表一段即兴感言，可由于争先恐后的发言者太多，我没有来得及说这段话，座谈会就结束了，下面就是我要说的——“对于大多数作者而言，文学也许就像那个叫《口吐莲花》的相声段子的情节，没少挨打，没少挨骂，没少折腾，没少幻想，没少期待，但最终的结果却不一定能吐出哪怕是半朵莲花，而只能把口中含着的一口水咽到自己的肚子里——纵然如此，即使咽下去的是自己的血，自己的牙，该咽也得咽下去，谁让你爱好文学呢，既然爱上了，就算吐不出莲花，只要不咽气，就一直抱着口吐莲花的美好愿望，虔诚地写下去吧！”

2013 年 7 月的一天，我和小儿应邀前往中国作家协会雾灵山创作之家休假，翌日到雾灵山和十八潭采风。返程途中，山西作家张石山不断地唱着山歌。我则默默地在车的后边口述了一首诗，让小儿给打在了笔记本电脑上，随后我把这首诗朗诵出来——“曾经在多少个地方徘徊，曾经在多少个地方感慨？山不像那个山哪，海不像那个海。难道因为环境的污染和生态的破坏，把龙都吓到了九霄云外？炎黄子孙既然是龙的传人，哪里是龙脉？不用众里寻他千百度，今日在雾灵山中，龙真的无处不在。青山恰似群龙舞，碧水好像龙走来；浪涛如龙吟叱咤风云，松涛像龙腾扫除尘埃；就连那棵棵白桦树，也像龙的女儿站成排，睁着脉脉含情的眼睛，与我们相望，还是相爱？谁知十八潭里有多少玉龙，冲着我们笑开怀？莫道雾灵山在雾中，人谁不是在云雾里走过？悬崖、鲜花、有幸、无奈……不要感叹一览众山小，好山真的在山外的山外；不要感叹只缘身在此山中，与山的缘分、与人的缘分，都是千年万年修来。

我们来到雾灵山，就是我们今生之幸、人生之彩。这里的山气派，这里的水豪迈，这里的千种草药可以祛除所有的病灶和病态。让我们借雾灵山水之灵气，绽放山花烂漫般的文采；让灵感的火花像山花像水花，年年岁岁天天月月开不败。山山水水是生生不息的龙脉，龙的传人怀着山高水长的情怀。不管我们来自哪里，走向哪里，从此年年岁岁，相信在我们每个人的心头、每个人的脑海，永远都会回荡着、浮现着十八潭留给我们的雄壮节拍，雾灵山留给我们的奇峰异彩。

莫道雾灵山山沟窄，作家的心当宽似海。时代的车轮靠人民推动，人民的脚印靠作家记载。让我们用那座仙人塔当妙笔，在白桦树打造的白纸上，写下我们的真情真爱。

北京作协是北京作协会员的家。北京作协不但是我的家，同时也给我提供了走出家门的机会；只有在家里，我才能写出上面这些话；只有走出家门，我才会有这些感言。作为北京作协的一名会员，我想对北京作协说的话，就包含在这简短的几段诗文里了。

衣食住行变奏曲

“窑衣”和“吉普”

我上高中的时候，十八九岁，按现在说，长得也是帅呆了，可穿衣服却是马马虎虎的。那天供销社处理旧衣服，我花四毛钱买了一件矿工的旧上衣，被人称为窑衣。我从房东家抓了一把洗衣粉，将这窑衣反复洗过，便穿着上学去了。这蓝色的劳动布窑衣，已经失去了底色，花花搭搭的，有几分斑驳，但我穿着还挺美。此后我又买了一件灰色的中山服，这回是新的。好心的郭老师拍着我的肩膀说：国镜穿毛服，虽然有点老气，但还是透着文气。

成家立业后，我乱七八糟的衣服越来越多了，名牌却没有。去年儿子当兵回来，坚决给我买了一身“吉普”，外加一顶帽子。我穿着这身“吉普”，与妻子一起，在今年的一月份，前往海南呀诺达采访。穿着“吉普”走在热带雨林里，很是舒服。将照片发到朋友圈，反馈是：精神，帅！

“馒头生”与馒头

上高中的时候，有人称我们这些住宿生为“馒头生”。那时，我们每天能吃到三个左右的馒头。有一次搞勤工俭学，一个不是住宿生的同学与我们打赌，他说他能用小拇指勾起一桶水来，如果他赢了，给他八个馒头吃，他保证能吃掉。结果我们八个住宿生一人让出了一个馒头。那同学吃得满嘴络腮，一个没剩。

三十多年后的同学聚会，那个同学也去了，可他主食只吃了半个馒头。有人提起那同学与我们打赌吃八个馒头的事，他说：那是啥时候的事啊，当时我一个月都吃不上一顿馒头。我羡慕你们这些住宿生天天能吃上馒头，所以才与你们打赌，恶吃了一顿馒头。现在我天天有馒头吃了，也就吃不了那么多了。

大北房和海景房

我在《北京文学》发表过一篇散文《背房》，写的是父亲靠肩扛背驮盖我们家那几处房的情景。后来，我在顺义也自己盖了两回房，我没有背一块石头、一摞砖，却住进了大北房。

开门七件事：柴米油盐酱醋茶。有人将工资称为薪水，父亲爱说：柴水一半家。这可见，光有房子不行，柴水还是个大问题。

儿时，我便学会了打柴、背柴。到了十几岁的时候，我每年都要背回一百多捆干柴。曾给《东方少年》写过一首诗《少年的干柴垛》。

我初学挑水的时候，个子太矮，需要将扁担的链子绕几圈，水桶才不至于拖在地上。我总是晃晃悠悠地才能把水挑回去，再倒进水缸里去。

那时候，人们都是挑水吃。

记得那时的冬天，烧火总是爱倒烟，把人呛得满眼流泪，母亲便扇着火，总要把饭做熟，把炕烧热。记得那时的夏天，柴火返潮，点不着火，母亲还得扇着火，热得满脸冒汗。

我成家立业后，异地烧的是麦秸，还有玉米秸。赶上下雨天，这东西点不着火，做不熟饭都不新鲜。待到我们烧液化气的时候，母亲就已经走了；待到我们住楼房烧天然气、吃自来水的时候，母亲已经走了很久。母亲一辈子用柴草做饭取暖，一辈子挑井水吃。而今想起母亲烟熏火燎做饭的情景、想起母亲用葫芦瓢舀水的情景，常常被热泪糊住了眼睛。如果母亲还活着，也过过楼上楼下的生活，也去看看我那套东海岸边的海景房，该多好！

儿时画画，最爱画的是大海。用蓝色的蜡笔涂抹一片蓝色，再加几朵浪花；再用红蜡笔画一轮太阳，在大海上冉冉升起，冒着金光。我那时没见过大海，也不知道什么叫海景房。过了三十岁，才在北戴河见到了大海。

是在去年，没分到福利房的我，得到了一笔住房补贴，简称房补。这笔款子在北京买不了一个阳台，而到了山东龙口，却换来了一套海景房。那真正是：面朝大海，春暖花开。置身在海景房里，心头就荡漾着一圈又一圈幸福的涟漪。马上就退休了，就在东海度晚年，好不惬意。遥望那边飞翔的海鸥和林立的高楼，我随口吟了几句打油诗：

当年祖辈父辈住石堂
而今我住上了海景房
一路走来到东海
不是龙王赛龙王……

路

我的故乡是一个出门就爬坡下岭的地方，行路难。那地方的人从小就学会了背东西。从我记事起，故乡的人就总是在修路。父亲、大哥都到外边修过公路，我也修过盘山路。母亲当支书的时候，总要带着大伙去修路。有时候刚把路修好，便眼看着山洪又把山涧路冲毁了。那时候，每个村都有大马车。我第一次坐马车，感觉像摇煤球，那路坎坷不平，马车过于颠簸。我也骑过骡子。那骡子撒欢尥蹶子，把我摔在鹅卵石上，多亏有惊无险。少年时去采药，在一面叫大安坡的陡坡上出了闪失，差点要了我的小命。走不尽的羊肠路。80年代，我大哥当队长，他硬是拼着砍着，带领社员们修了一条直接通到我们村场院里的盘山路。此前，村里的马车只能搁到山下的小村，再用那驾辕的马将货物驮回村里，大哥是车把式。我结婚的时候，是一辆吉普车把远在顺义的媳妇接到那个小山村里去的。后来，我又走出那个小山村，到京东平原落了户。当时，大平原上的交通其实也不太方便。有一回搭了一辆牛车，骨碌碌驶向并不远的远方。

而今，顺义这地方的交通绝对是四通八达了，连地铁都通到家门口了。出门不远，便是一辆又一辆的公交车来来往往。这交通就很发达了。坐上飞机去海南，几个小时也到了。如果到我的海景房去，还要快一些。

大路朝天。条条大路通世界。

金宝城里的白桦林

我这一生最大的爱好是写作，最爱的风景是白桦林，最爱写的景色也是白桦林。回头看看那些发表过的文学作品，并不显得出色，但每当写到白桦林的时候，还是很优美的。我的有关白桦林的作品中，有一部中篇的报告文学，写了一位白桦林里的老红军，被人民文学出版社编入年选了；有一首叫《故乡的白桦林》的诗，获得全国首届写作大赛优秀奖。对白桦林情有独钟，或许因为我出生的地方就是白桦林生长的地方。从会走路开始，我一出家门，无论往哪一面山坡上走，都可投入白桦林的怀抱；无论往哪一座山头上望，都可悠然望见白桦树的影子。

那时白桦树是我眼前的风景，后来那白桦林似乎只能是我心中的风景、笔下的风景了。正式参加工作后，我落到了顺义这块大平原上。这里有太多的麦海麦浪，也有太多的白杨树，却不见白桦树，更见不到白桦林。见不到白桦林的时候，我才写了太多的白桦林；回望故乡的时候，却看不到白桦林的影子。曾经和妻儿们感叹，这第二故乡哪儿都好，就是见不到白桦林。

说来也是巧合，也算是我和白桦林有缘分吧，那天我居然在顺义的地面上见到了白桦林。这白桦林与故乡的白桦林比，显然逊色得多，没有那么高大挺拔，没有那般茂盛林立，也缺乏天然的白桦林的诗意和灵气，但毕竟还是一棵棵白桦树，甚至也可算一片片白桦林。这些白桦树生长在顺义新城一个叫金宝城的楼区里，是用于绿化的、人工移植的白桦树。

说来，我走进这楼群，不是来看白桦林的，而是来看房子的；看房子的时候，无意中发现了白桦林，眼前豁然一亮，惊叹于这里居然还有白桦林，就有点儿流连忘返；抚摸着那白桦树，有些爱不释手，就仰望着那白桦树，真有点儿在异地遇上了故乡人的感觉。那一刻，我再也不想离开那片绿化带里的白桦林了。看房看见了白桦林，这心就像那白桦树梢，在风中颤悠悠的，这情就缠绵绵的，系在白桦林里了。于是，一面望着高楼大厦，一面望着那白桦树，这楼和树，我都想要，都不想离开，都不想舍去，都想得到，都想拥有，想让这一切成为我今后看不够的风景，我也愿成为这风景里的风景。

蓝天下，我憧憬着。

红日下，我渴望着。

然而，在那一瞬间，将一棵白桦树揽入怀中容易；而将那与白桦树相邻的一套楼房抓到手却难了，甚至是难于上青天的事情。

真想给这白桦林写一首诗。也真想让这白桦林成为我日夜出入必看的风景。我在那白桦林里的石凳上打了一个盹儿，做了三个梦：第一个梦，是我变成了一只喜鹊，在那白桦树上筑了一个窝，我也就成了金宝城里的一员了；第二个梦，是这片白桦树跑到我的农家院里去了，我日夜与白桦林相看两不厌；第三个梦，是在实实在在的金宝城里，有了一间属于我的书房，我在那小窗下的电脑前，望着楼下的白桦树，写着像白桦树一般清新优美的诗文。

这最后一个梦，已经美梦成真。

槐树伴我远行

我这一生和槐树的缘分不浅，无论走到哪里，都有槐树陪伴。我发表的几百万字诗文，哪一篇诗文的种子不是来自大槐树下呀？那些诗文难道不是从大槐树上的喜鹊窝里掏出的灵感？而今我早已远离了那一棵又一棵大槐树，但我家门前还有两棵树，一棵是槐树，另一棵还是槐树。这槐树浓绿浓绿的春色姗姗来迟，浓绿浓绿的秋色也姗姗来迟；即便到了深秋和初冬，那枝叶也还是绿意盎然的，透着诗意。

——题记

一

人有人脉，文有文脉——我这个被有人称为文人的人，文脉在哪里呢？山有山脉，血有血脉——回望京西重峦叠嶂的山脉，我的眼前浮现出一棵又一棵古槐。如果说我这大半生采撷到了一朵朵诗的花、一枚枚文的果，那诗花和文果的根却源自那大槐树，那大槐树里藏着我的文脉——这不是我的自作多情吧？

若问老家在何处？山西洪洞大槐树。往远了说，我们要到山西洪洞大槐树去寻根；往近了说，我们的根就在那个叫木字港的小村的大槐树下。那棵古槐树，就是我的祖先在那里扎下的根；那棵古槐树，是看着我长大的，是历史的见证人。

早在清朝嘉靖年间，我的八辈祖宗高登官六岁那年，因父母双亡，兄嫂难容，姑母便用毛驴把他从被称为黄帝城的河北矾山镇孟窑子村驮到了一个坐落在崇山峻岭间的小山村里——这一次迁徙，也便改变了我们高家后人的祖籍。那棵大槐树也便成了距离我们更近的寻根之处。传说那棵大槐树是我的高祖在儿时用一泡尿浇出来的，又说是他用一葫芦水浇出来的，反正说是他栽的那棵大槐树。真实性无从考证，但村头长着一棵大槐树却是实实在在的。我的高祖在那个山旮旯里落地生根，在那一带披荆斩棘，刀耕火种，开荒种地，又在那里娶妻生子，一连生八子，八子又子子孙孙没有穷尽，真正是人丁兴旺了。到现在，高祖的后代已经有千八百口后人了，遍布全国各地，但他们若说我们的根就在那棵大槐树下，那是没有错的。

儿时，老太爷高正升和我说，他记事的时候，那棵大槐树便那么大了；我爷爷对我说，他记事的时候那棵大槐树便那么粗了。可见，这大槐树是个寿星了。那大槐树是国槐，联想到我是国字辈的，国槐、国镜，我的名字就有点意义了，像是与那大槐树平辈。可又哪敢这么比呢？那大槐树永远是我们“须仰视才见”的神灵，是我们应该跪拜的祖宗。

那棵大槐树下就是我当年的老家。“木字港不大，高家人多盛不下。”后来，高家的人便在三里五村繁衍生息。生我养我的小山村，名叫东宫。听说那里开过银矿，那里最初的村名叫东矿，后来以讹传讹，把个村名传得更文明更有韵味了，叫东宫。

当年东宫没有学校，我小学的四年生涯便是在木字港那棵大槐树下度过的，或者说，我的母校就在那棵大槐树下。母校不远处，矗立着一棵大槐树。

我们那个叫王朝旗的启蒙老师，也是我终生最难忘的老师。当时我望着大槐树，尽情地背着课文：一只乌鸦口渴了……一群大雁往南飞……当年我们在大槐树下做游戏，唱着歌谣：小朋友，手拉手，大槐树，一起搂……

记得那些日子，王老师天天利用一节课的时间念小说《欧阳海之歌》——我听得直眉瞪眼，甚至热泪盈眶的。可那部小说没念完，时代就发生了变化。“文革”开始了，连那棵大槐树也受到了牵连。

那天，王老师带着我们把大槐树对面那个龙王庙给推倒了。很快，王老师也走了。我清晰地记得王老师走的时候，学生们都哭了；王老师回望着我们，也回望着与他朝夕相伴了好几年的那棵大槐树，也是泪光闪烁。

二

王老师这一走，我们的学业一度中断了。但那棵大槐树总是绿岗岗地屹立在我心里，从小多愁善感的我总是魂牵梦萦着那个小学校。我们的学业一度荒废了。我和同伴们天天去山上砍柴、摘野果子，去河沟里摸鱼滑冰，去山坡上套野兔子、抓野鸡。在刨药材的山上，我鸟瞰着那棵大槐树和我们的小学校，做梦都想着王老师给我们讲雷锋的故事的情景。

11 岁那年，我第一次出远门，是由我母亲带着。我背着一大篓子杂七杂八的东西，去 50 里山路以外的碣石村看望在我二姑家养病的父亲。二姑家住在一棵大槐树下，那大槐树比木字港的大槐树高大得多，有十几户人家都被笼罩、呵护在大槐树下。那棵大槐树上搭着七八个喜鹊窝，从早到晚，都有喜鹊在树上飞来飞去、蹦来跳去，嘎嘎的叫唤，总像是要有喜事来临。记得在那棵大槐树下的古门楼的门槛上，从早到晚坐着一位比我大两岁的少年，总是唱着红色的语录歌。他的祖上是富农，也许是为了表示他对红色江山的忠诚，所以他的嘴上总是红歌不断。有时候，他会仰望着那棵大槐树，给我讲它的故事。

听说那是一棵很神的大槐树。那年，大槐树的一根枝杈干枯、老朽得再也无力支撑了，便在一个黑夜里咔嚓嚓折断了，却没有砸在房上，而是顺着街筒子落在了地上，像一条温顺的龙那般，不伤及任何人和物——可见这树的灵气和仁义。

在大槐树下的二姑家住了几天，我和母亲便恋恋不舍地回望着那棵大槐树，离开了那个比我的故乡更古色古香的碣石村。

把心落在了北海

把剃须刀落在了北海，又被当地文联的女士们遥寄回来了；把心落在了北海，那心却在美丽的北部湾久久徘徊。都说“美不美家乡水”——我怎么就如此痴情地爱上了北海那边的碧水蓝天呢？

——题记

与北海的缘分是几世修来的呢？我的散文集《太阳照耀我们》荣获第五届冰心散文奖——第一次去北海，是去参加冰心散文奖颁奖会。那天乘上去往北海的飞机后，感觉是有点飘飘然的。望着舷窗外洁白的云山云海，想到了故去的冰心奶奶，同时也更加神往想象中的北海。当空姐告知飞机将于20分钟后降落在北海机场时，我便格外关注着那天空和土地。那一刻的云彩，实在是美妙无穷、变幻多端；那凌空飞翔、渐入佳境的感觉，也许就叫飘飘欲仙吧。那云山云垛云层云海云絮云浪，是我此前乘银鹰不曾见到的。我幻想着这白云就是北海人派来的翩翩美女，舞动着一袭袭长裙和哈达来迎接我们。

双脚落在北海的土地上，果然有一种“落草”的新生感觉，那一刻起码是年轻了几岁，是因为这北部湾新鲜的空气、灿烂的阳光、旖旎的美景和热情来迎接我们的北海文联的女士们吗？

登上接我们的中巴车，才知道那位飘逸秀气、阳光能干、拿着话筒用柔美的声音与我们说话的人，就是北海市文联主席董晓燕女士。她的散文集《大海不告诉你》也获得了这届冰心散文奖，我们来北海领奖，分明是她给搭了长桥的。据说她是重庆人，却早已在北海扎根创业，曾当过十年新闻发言人，是名副其实的北海通。她一路说着北海，我听得很入迷。

此前我对北海了解得太少了，似乎就知道北海出了个大作家陈建功。此时行驶在北海的土地上，听着董晓燕用散文般的语言介绍北海，两眼望着路两边真实的风景，那就是听景和观景结合的一道美妙风景了。这风景过也匆匆来也匆匆，后面的风景掠过去了，前面还是不断的风景。真想唱：马儿啊你慢些走，我要把这壮丽景色看个够……那绿树那青草那红花，那蓝天那高楼……路边的草地上时常闪现出一两块惹人眼目的奇石。

北海三面环海，北海拥抱着我们，我们也拥抱着北海。真正见到北海的海，是在到北海的第二天下午，在冰心散文奖颁奖会之后，我们一行作家前往金海湾红树林。此前我还以为红树林是红的，或许像南方的木棉，北方的黄栌，花和叶定是红艳艳的。真见到了红树林，却分明是满眼的绿色。与红树林几乎朝夕相伴的董晓燕，长得不像红树，倒像北京的一棵小白杨，给我们介绍着红树林。这是我此生第一次看到红树林。刚刚经历了一场台风的红树林，受了那么多的苦和磨难甚至是摧残，还是那么生机勃勃，一望无际。红树林的枝头上，白鹭嬉戏，海鸟翱翔。俯身红树林的生长之地，却见几多新鲜的昆虫、贝类鱼类虾类和蟹类，在此栖息游玩。那红树林的怀抱，就是这些生物生活和生存的美好所在。

以往，不止一次地把亭亭玉立的白桦树比喻为白衣少女，如今望着这密密匝匝的红树林，又觉得这红树林像成群的绿衣仙女，飘逸潇洒地在海水中沐浴。这红树林是大海的女儿，她们拥抱着大海，大海也拥抱着她们。随着大海的潮起潮落，红树林把千姿百态的妩媚和婀娜呈现在人们眼前。放眼红树林，回眸白桦林。想必这红树林笼罩在皎洁月光里的时候，也似白桦林吧。当这红树林沉浸在朝霞落日的余晖里，也有几分万山红遍的味道吧。那一刻，我多想化作一只白鹭，在这红树林里筑一个巢。多好！

红树林，金海湾，诗情画意天地间。那一望无际的迷人的金海湾沙滩，像是镶嵌在岸边的金色丝带。那天，我幻想当个渔民，就像在北京赶集那样去赶海。据说，此地是亚洲最大的“赶海”乐园。就让那轮红艳艳的太阳，把我融化在海面上吧。

那晚，北海市委盛情款待我们这些作家，我们不但吃到了平时都没有听说过的昂贵的沙虫，还吃到了一道菜，就是红树林的果实，叫海榄钱，这形状酷似青豆的海味，风味自然是独特的。有句话叫“北海海鲜十八岁”，可见贵地的海味之鲜之美之嫩之肥。那些天吃了太多的海鲜，回家后妻儿说我吃得又白又胖，我说来日带你们去红树林畔吃海鲜，也让你们又白又胖地回来。

北海是年轻的，也是古老的。踏上北海老街，就像检阅着北海的古老历史古老文化古老风俗古老民情。那老街悠长深远，气派典雅。那斑驳的青苔、沧桑的小巷，无不折射着繁盛的过去，也彰显着今日的繁华。同道领奖的高林有先生，用镜头记录了我在老街上流连忘返的瞬间。我和高先生一同买了一些当地特产。我恋恋不舍地说：这老街离咱们若是近在咫尺，那我会天天来这遛个弯儿，淘淘宝。可惜，这老街距我长期居住的小街，居然有四千多华里之远。不想说再见也得说再见了。何时见？总不能变一只燕子，悄悄栖息在那既可遮风挡雨、又可躲避烈日的骑楼之下的回廊间吧？浪漫的人儿，还须站在现实的土地上。

其实，比老街更古老的是北海的合浦县。历史悠久属合浦，历尽风雨三千年。合浦建县两千余年，这里的每一寸土地都令我们敬畏。“海上丝绸之路始发港”，遗址尚存；走进汉文化博物馆，遥远的过去的珍宝呈现在今人的眼前。不怪北海出了那么多作家和作者，这其中也包括几乎与我们形影不离的董晓燕主席。这里的文气很重。大士阁、东山寺、东坡亭、海角亭、文昌塔……与苏东坡和文曲星借几分灵气和文气，让灵感的火花闪烁，把北海写得更美一点。真想与东坡先生共饮酒茶一杯，那当然是今生和下世都不可企及的奢望了。北海，你让多情的我更多情。我那千丝万缕的情结，又向星岛湖延伸。

北海天下美，美在银滩边。那天早上，我们到了魂牵梦萦的银滩。这“中国第一滩”果然与我此前到过的海滩不同，且不说那海滩有多大，只说那在阳光照射下的沙子，洁白刺眼，像是食用的雪花面粉，细腻柔软，像少女的肌肤。踏上银滩的刹那，我就觉得天下再没有这么好的路了，走这路真舒服。记忆里儿时玩过的沙子是最美的沙子，此刻也没这银滩上的沙子美了。抓一把攥着，就爱不释手了；踩一脚驻足远望，就寸步不离了。不知道北海银滩可曾落过雪花，这沙子远比雪花更美丽更持久地依恋和依附着大海，它既是大海的杰作，也是大海赋予游人的温顺温暖温馨温情的平台。那一刻，大海还是铺在我们眼前的一张巨大的稿纸，有人用手指当笔，在沙滩上写下了一行行龙飞凤舞的大字。我也幻想着，就用这海滩当稿纸，写下心中最美的诗文吧。

海风海浪海上的空气和阳光……真想捧出心头的阳光，换成海上的阳光；真想吸足了海上的新鲜空气，储存在每一个毛孔里；真想捧起海上的浪花，存放在脑海里；买一只海螺吧，走到哪里都可以听到北海的声音；捡几枚贝壳吧，以后用它见证北海彩色的生活。海真好！如果能日夜在此听海观海赏海赶海写海吟海，那将是仙人过的日子啊！海让人浪漫，让人心胸开阔！

如果有更多的时光，就在这银滩上追赶着那些浪花和白云，放牧那些浪花和白云，实在是求之不得的美差了。有人招呼该走了，我却像一只呆雁，伫立着，不想离开昨天神往今天神往明天还会神往的银滩。

不想和大海说再见的人，还是和大海再见了。我们离开北海那天，恰好是农历的七夕节。此前我没有情人，但离开北海的时候，我却觉得那北海不就是我刚刚结识的含情脉脉的情人吗？把北海作为情人，对我不是一个牵强的比喻；把一方方风景作为情人，也不是不可以的吧？情系北海，北海此后就永远荡漾在我心中了。

登上飞机那一刻，那离别的愁绪就萦绕在心头了。那一刻，是不是我就像牛郎，织女就是北海，从此我们就被银河相隔，相见遥遥无期了？牛郎织女年年有个鹊桥相会，来年的七夕，我还能来北海吗？即便能来，也不可能是来领冰心散文奖了。这次与北海的缘分，是前世修来的，是中国散文学会和北海文联提供的机会，是今生最值得珍惜的一次出行和相会。

回到北京后，一段小小的插曲又让我和北海的距离拉近了。我本不是个丢三落四的人，那天却把一位诗友赠送给我的电动剃须刀落在了北海的一家五星级酒店。这小事情本来是不值得一提的，但我还是给《北海晚报》的阮直副总编打了电话，意思是那个落下的剃须刀让他用吧。可他却把这事托付给北海文联的蔡小玲女士，蔡小玲女士不断打电话和发短信来，执意要把那剃须刀给我快递回来。这感人的细节又让我泪眼朦胧了。不在于那剃须刀，而在于北海人对一个普通作家的那份关心和情谊。在北海期间，被人热情地招待着，人都年轻了，把剃须刀都忘了。丢下的剃须刀又万里迢迢物归原主，而落在北海的那颗心，却常常在北海徘徊。愿我的心像一只鸟儿，在北海和北京之间飞翔，用北海刚刚滋润过的拙笔，写出更多的诗文。

我把鲜花献给谁

广西。北海。红树林。银滩。2012年8月23日。在北海那个五星级酒店，在第五届冰心散文奖颁奖大会上，我发表了这样的获奖感言：

“今天太阳照耀着我们，冰心老人留下的那盏小橘灯也照耀着我们——冰心老人生前，用她积蓄的稿费设立了一个全国冰心散文奖——我的散文集《太阳照耀我们》有幸获得第五届冰心散文奖。

“望着冰心老人打造的‘繁星’，看着冰心老人放流的‘春水’，我知道我自己的天空有多高，河水有多深。我的散文未必有多好，但我却在坚守散文的魂——情与爱。散文以一个“情”字和一个“爱”字动人。我断断续续写了近三十年散文，不过出版了这一部散文集。它是我五十余年对人生的体验、观察、记录；是我的感动感想感情感恩感悟，流露和绵延着的是我的一脉情感一腔情怀，包括人情友情亲情乡情爱情……我们的生活需要用情编织，需要情的不断延伸，这样才能不断向远处延续。

“散文不散凝聚人心——我愿用自己的散文打动人心、凝聚人心，让散文走进更多人的心灵，走进更丰富多彩的生活，也让生活走进散文，化作美文。”

这获奖感言在北海发出来，自然是发自我的内心。但我没想到，我从北海归来，有关领导对这个奖是那么重视。时任顺义区委常委、宣传部部长肖承继高度重视，协调有关部门，还要奖励我一次，这自然也包括奖励我鲜花。那一刻，我没有想到怎么欣然接受这束鲜花，却在想：该把这束鲜花献给谁？

生长在百花山下的我，这大半生是不缺鲜花陪伴的，因为那烂漫的山花总是多情地盛开在我眼前。玫瑰、丁香、山丹、野菊……花爱我，我也爱花。那时常常采一束野花，拿着，打算献给谁呢？结果是把自己采的花献给了自己。至于别人给我献花，只有数得过来的那么几回——而这一次接受献花，也算是我此生最辉煌的一次了。我有幸获得了第五届冰心散文奖，随之有幸得到了两束鲜花。

顺义举办了一次也算隆重的冰心散文奖座谈会。会上，人们给我献诗献词献字献画，还给我说了好几篓子的好话。其中，会议的一项议程便是给我献花。当两束鲜花通过顺义文联主席高源的手递到我手里的时候，我想即兴说几句感言，但因时间紧，没得机会。于是随后的时光里，我便望着那两束花，百感交集，浮想联翩。

我接过那花以后，总在想：我把这花给谁呢？这花是给我的，可我却不愿独享其芬芳，而愿与别人分享。

高源是个送人玫瑰也不愿手留余香的人。我还真想过，把他送给我的花，还送给他得了。但他怎么会接受呢？那天奖励给了我一台电脑，是宣传部的赵海波部长亲自递到我手里的，我若把这花献给他呢？又觉幼稚可笑。可我把这花的芳馨留在了心里，却真的想把这花再送给他人。送给谁呢？当时我想，若把这花送给冰心老人，多好，因为我获得的是以她老人家的名字命名的散文奖。可她老人家早已驾鹤西去。将这花送给我的父母大人？是他们养育了我，可我的父母双亲也都离开人间，不可能双手接过鲜花，分享儿子的喜悦了。也确曾想过多次，如果我的老姐姐和老姐夫能够在场，前来为我捧场，我就将花送给他们，他们也没少支持和关注我的文学事业。但他们因为忙，也没来到座谈会现场。我还想到了我的几位老师，特别是我的高中语文老师闫庆源，如果他能光临此会，我就把花献给他——培育花的园丁本应得到花的芳香。可我并没好意思邀请年岁已高、远在京西的老师前来，所以也只能作罢。

倏忽间，脑海里似飞出了一只海鸥，那海鸥翩翩然把我带到广西北海去了。第五届冰心散文奖在北海颁奖，那几日北海形成了一道也算亮丽的文学风景线。获奖作家、北海文联主席董晓燕，确如一只深知远近高低、安危冷暖的燕子，她用阳光般的热情、银滩沙砾般的细腻、浪花般的欢快，尽地主之谊，也算是当了一回全程包揽这次会议费用的东道主，用北海特有的美酒美食美味美景尽情地招待着获奖作家们，还特意为每位作家搞到了一套用珍珠打造的化妆品——我若将这花献给才貌双全、慷慨解囊的董晓燕主席，也算我的一份心意，也算锦上添花的一份回报了。然而，再遥远的浪花我多情的手和心也可以去碰撞、去抚摸，而这一束实实在在的鲜花，却不可能绽放到北海去；托一朵白云和一缕清风把花香送去，或许是可以的吧。想必，北海的人知道我这份心香也就笑脸如花了，不必遥寄这触手可摸的花了。

这花献给谁呢？此时望着被邀请来的作家和编辑们——多年来，是“俏也不争春”的他们，为我发表了好多诗文，这获奖的冰心散文集中的有些作品，是他们给编发的。我把鲜花送给编辑，也算是一份回报吧。可一想，还是天真。此时我那勤劳朴实的妻子便出现在我眼前了。妻子虽然没有花容月貌，但这花却应该献给她呀——几十年来，她不但相夫教子、料理家务，还为我抄写和打出了几百万字的诗文，也算是我的贤内助了。这花送给她，再合适不过了，可她正在老家那边看护我们几个月的孙子，无暇回到顺义来，待她回来，这花也枯萎了。

花该落谁家呢？我茫然了。后来我又想，就把这花举起来，当场说：这花不是我的。顺义作者谁再获冰心散文奖，这花就是谁的。可面对那场面，我也没好说这话。后来我也就不痴迷地打那花的主意了，就把它放在台前，让全场上百双眼睛与其“相看两不厌”吧。这花是大家的。人们把阳光般温暖的目光投射在花朵上，那花才更鲜艳水灵；文学的花朵也如是，众人赏其美妙与墨香，才是其价值。花是开在泥土里的，包括文学之花。没有泥土，何来花香？花从泥土来，又归泥土去。花也像人一样。

那束花，让我大半夜都心潮难平。第二天一大早，那花还很固执地支棱着鲜灵着水灵着，在我喜爱的那块奇石上争奇斗艳，且把香气弥漫了一屋——而此刻，我已为它找好了去处。我捧着那束花，还有一摞我获奖的冰心散文集，就奔着白各庄的村委会去了。我也算是白各庄的村民了，在这村居住了十五年。我把这花献给这个我朝夕相处的小村，也算是一种最好的选择了吧。我很郑重地将那束还未打蔫的鲜花献给了村委会主任张玉英——我们拿着鲜花，捧着图书，照了一张相。老主任问我：干吗把这花给我呀？我说：因为我的散文集是从咱们白各庄走出去获奖的。面对鲜花，我们都笑了。

第三辑　名人剪影

巴金可闻梅花香

巴金诞辰一百周年那天，我刚刚成为中国作协的一名会员。遥望京西，遥望蓝天，我的眼前不禁浮现出二十多年前的一幕往事。

那是故乡的山杏花盛开的一个春天。当时我还是一个只字未发表过的文学青年。那天，我在杏花林中徘徊之时，眼前就闪过了一簇簇梅花，还有一位叫巴金的作家。想起那花那人，我就抑制不住想给巴金写一封信。于是，回到小屋，坐在小桌前，我就真给巴金写开了信。那信有几分诗意，由故乡的杏花想到了名著《家》中的梅花，再想到了巴金……然后就向巴金倾诉了一个文学青年的苦衷，并希望他能给我仙人指路……信中的一个感人细节，就是说我们在劳动的山上，天天听一个叫桂珍婶的人讲故事，讲完了才知道那个长长的故事就是巴金写的《家》，于是就神往巴金，也神往《家》中与我同姓的文学形象，还有近似杏花的梅花……

信写好了。我把那封信和一篇习作寄给了上海的杂志《少年文艺》（杂志上有巴金的名字）并写上“烦转巴金”的字样，就把信交给了邮递员。然而，杏花都快落光了，也没有信从远方来。就在我不抱希望之时，却听到了一阵鹊鸣，我收到一封来自上海的书信。怀着激动的心情，启开信封，我轻轻地抻出了一封信，随之带出了一枚金光闪闪的长方形纪念章。信的大意是，高国镜小朋友，我把你的信转给了巴金，他很高兴。但由于他太忙，无暇给你回信。我在此给你写上几句话，以代巴老之意。你酷爱文学，很好；但文学是个苦差事，需要努力才有成功的可能。从你的信和习作中可以看出，你有一定文字表达能力和艺术感受力。希望你多练笔，争取写出好作品。巴老特意给你签了名，并赠一枚纪念章，以作为留念。

当时，那封信我看了十几遍，感动得热泪盈眶。我把信给文友看，他说那个签名不太像巴金那样的大作家写的字，有些幼稚和“抠抠儿”；我说不管字体如何，对我来说，巴金这两个字胜似千金。遗憾的是，那封信我没保留下来。而那枚纪念章，我戴了好些日子，也不知何时丢在了山上。我找了好几天，把所到之处的花草树木都翻遍了，也没能找到。为此我时常有所忏悔和失落，觉得对不起巴老对我的关怀。巴老那么忙，还为我签名，遥寄纪念品，而我却给弄丢了……不过，我总算没丢掉文学创作，且取得了一点小小的成就。也正因此，我在成为中国作协会员之后，一下子就想到了那个关心过我的巴金。

巴金百岁那天，我买了一束梅花（花是假的，心却是真的）和一串红灯笼，挂于我院中的玉兰树上，以遥祝巴老身体如梅花康健，著作如梅花香满乾坤。我想，巴老也会遥祝我写出真正的好作品，而不是只满足于一个普通的中国作协会员。

在参观中国现代文学馆建馆二十周年珍品展之际，我与妻一起叩开了中国现代文学馆的大门——要叩开那文学馆的大门，就要借助巴金的手模门拉手，把门拉开和推开。这神奇的巴金的手模呀，金灿灿的，光滑圆润，有骨感有力度，也有温度。我触摸着巴金的手模，就像是在与巴金握手。这手模很神圣。与这神圣的手借点灵气吧，我这个巴金的崇拜者，就那么紧紧地握着巴金的“手”。

那带有巴金手模的铜把手给了我希望。那一天，我把文学看得比以往都神圣。我与妻在几个展厅的留言簿上信笔写下如下的话：巴金的手常在，作家的书永存；文学与日月同辉，作家与山河同在；世界不朽，文学不朽。

我把文学看得太高了吗？但我一低头，又看到了那个巨石逗号。那石头是巨大的，其中的逗号却是渺小的。那穿透巨石的逗号像前辈作家深邃的目光，在盯着我；透过那瞳孔和逗号，前辈与吾辈都看到文学的星空和花园了吗？那逗号是文学馆的标志。

巴金的手碰了我一下。巴老似乎在对我说：先写好一个逗号吧，后面自有文学的春秋。

那天，通过文学馆内的音响设备，我们还亲耳听到了巴金的声音，巴金在召唤着作家，要把文学看成指路的明灯。

这是一次难忘的和巴金的“接触”。在此之后的那个初夏，我又应邀走进了坐落在千年古刹灵隐寺东侧的杭州第一高峰北高峰下的中国作家协会杭州创作之家，有幸在此度过了我的10天创作假。稍感遗憾的是，此时巴金不在被他称为家的“家里”。

凝望着对面墙上巴金的照片，才知道巴老于80岁高龄后，曾四次来此小住。而今巴老已去，但那山石上的题词还闪烁着巴老的墨迹：“这真是我的家”。我抚摸着那石头和石头上的字迹，就当是和巴金零距离“接触”了。是啊，这不仅仅是巴老的家，也是全中国作家的家。莫看这家只占了一亩一分一厘地，却凝聚着多少作家的灵魂和向往啊！而巴老，更是这个家的主人。在他曾经下榻的屋内，我望着窗外的翠竹和火红的石榴花，百感交集；在他走过的楼道里，在他观鱼的休息厅里，在他坐过的小石桌前……我仿佛都能看到他的音容笑貌。文学馆的工作人员说，巴金住在这里的时候，每当在楼道里遇到有人来往，他总是客气地把身子闪到一旁，让别人先走，显得那么和蔼可亲；他送给人自己的著作，总要规规矩矩地签上名。我不无遗憾地说："我是无幸在这楼道里与巴金碰面，也无幸得到巴金签名的书了。"

那天在梦里，我见到了满山的杏花，又像是梅花，在那花丛中，隐隐约约有一位老人的背影。那个背影就是巴金自己调侃的"一个小老头，名字叫巴金"的巴金吗？巴金在闻着梅花的香气，像是醉了。

浩然到我家

2001年10月29日，是一个少有的秋日的艳阳天。阳光金灿灿的，原野金灿灿的，树上的叶子金灿灿的，地上的花果也是红艳艳金灿灿的。在这样一个金灿灿的日子里，三河市文联副主席王宝森陪同浩然来到我家，看望我这个业余作者。那天，我的眼前是金灿灿的，心头也是金灿灿的。如妻所言，浩然的到来，让我家蓬荜生辉了。

浩然老师从车中下来时，我发现，他的短发几乎白如雪花了，那银光闪闪的白发像是放射着金灿灿的光芒。浩然老师用满腔的热血、毕生的汗水浇灌着文坛之花之果，而今，那花那果金灿灿沉甸甸的了——而那育花人却顶着满头银发，走向了金灿灿沉甸甸的秋天。

浩然下车后，那明亮深沉的眼睛直盯着我家的大门楼，连说好、好，却说不出别的什么词语——原来，他因脑血栓后遗症，语言障碍很厉害，几乎说不出多少完整的话——岁月真是不饶人哪，浩然已是70岁的老人了。

浩然走到二门楼前，立刻就站下来。一片金灿灿的光，让他的眉眼间露出了金灿灿的笑。那二门楼上的一副铜制对联，是浩然亲手所书啊！此时，浩然望着那金灿灿的楹联，满意地笑着，然后说，来，先照张相吧。我和妻子劝他，先进屋喝杯水，吃点水果再照。他说，不用，先照。于是，他站在金灿灿的阳光和金灿灿的铜牌下，等候着照相。这时，我与妻说，把老父亲也叫出来，让他也和浩然合张影。浩然说，好，叫去吧。可是，等了好久，老父亲却没出来，说是不舒服，不照。我又气又急，直埋怨老父亲。浩然说，没关系，然后他主动走进我父亲的屋子，亲热地握住我父亲的手，俨然一对亲密的农民兄弟。妻子把那一瞬间化成了永恒——后来一位美国女游客看了浩然和父亲的照片，连伸大拇指，还说她看过浩然的书。父亲也爱自豪地说，我还和浩然照过相呢。

那天，浩然坐在我的写字台前，沐浴着金灿灿的阳光，在白纸上，用颤巍巍的手写下了几个饱含深情又力透纸背的钢笔字："情系苍生"。

那天，我送了一些院子里长的金灿灿的南瓜给浩然，他直说好，他说他就喜欢农家院，也喜欢农家院里种的蔬菜；当我欲把两箱妻子早已经预备好的菊花啤酒往浩然老师的车上搬的时候，望着那金灿灿的菊花啤酒，浩然老师竟然表示出不落忍、过意不去的神情。这可见浩然的那一颗金子般的心，还有他的人格。他曾经两次给我的书写序，两箱啤酒，他都不好意思接受。我们挽留浩然老师吃饭，他却执意说不吃，还要赶到三河去。

那天，浩然走了，是踏着金灿灿的落叶走的。那一刻，如日中天的太阳已经变成夕阳，跑到西边的天上去了，闪耀着金灿灿的光芒。望着浩然老师远去的背影，我的眼睛里也闪烁着金灿灿的金星儿。那一刻，我想到了浩然的巨著《艳阳天》里的几个金光闪闪的字——"开镰，收割；收割，开镰……"，又想到了《艳阳天》的封面。此刻，我的眼前却出现了幻觉：那封面上不是农夫赶着马车，拉着金灿灿的麦子，却仿佛是浩然在赶着一辆马车，挥着长鞭，走在金光大道上。但大车上拉的却不是麦子，而是浩然那著作等身的、金灿灿的书籍……

是啊，浩然到了开镰收割的季节，可他也到了人生的秋季。他的车辙在夕照的余晖里，闪耀着金灿灿的光芒。我有点泪眼模糊了。望着枝头金灿灿的树叶，不免有几分伤感：浩然今天来到了我家，以后他还有来我家的机会吗？一片金灿灿的落叶，像一只金灿灿的蝴蝶，落到了我的脚下。这金灿灿的时刻，就要像金灿灿的金光那么一闪，稍纵即逝了。回望着二门楼，那门楼上浩然题写的牌匾依旧金灿灿的——“胸怀浩然正气，笔抒苍生真情”，横批是“艳阳高照”。

在那个金灿灿的日子，浩然来到了我家洒满金灿灿阳光的屋子。那天枝头的柿子金灿灿的，院子里的菊花也是金灿灿的。那天本来说话很费劲的浩然老师，却坐在我家金灿灿的春秋椅上，提到了顺义也应该成立文联和作协了。我说，梁老师，要成立作协的话，肯定得请您当顾问。

然而，顺义成立作家协会的时候，浩然却已经久卧病榻了。成立作协本来是想请浩然当顾问的，可当时他已经顾不得、也问不了他所热爱的文学事业了。挂个虚名，肯定是浩然不情愿的。为了表示对浩然的敬重，我把他前后给我写的八个字——“埋头苦写，情系苍生”放在了作协的徽标上。那金灿灿的铜牌，映射着浩然那八个金灿灿的遒劲有力的大字。就让他的八个字，为顺义的作者指明方向吧。其实，他的题字何止是能为顺义作者指明方向，凡是想当作家的人，谁不应该“埋头苦写，情系苍生”啊？

顺义作协的徽标金灿灿的。而浩然老师却在我的梦乡里，赶着一架金色的马车，走向了一片金灿灿的原野……

大树还小谁栽培

1991年夏季，要拍一部浩然的三集电视片《咱们农民一支笔》，片中需要浩然与文学青年的镜头，浩然亲自点名，让我去三河拍电视片。那天我赶到三河，已是晚霞似火。待浩然风尘仆仆从密云拍片归来，已是星光灿烂的时刻。浩然不顾一天的疲劳，在他的“泥土巢”里接见了我们几个被约的文学青年。

翌日清晨，我们同挤一辆车，前往事先选好的景点拍片。到了汝河畔，趁电视台的同志拍“空镜头”之际，浩然拿出自己的相机，与我们几个文学青年合影。他对我说：“咱们俩在昌平那张相没照好，到现在也没敢给你，今天得好好补一张。”

浩然还记得在昌平照相的事。那已是五年半以前的事了呀！我望着浩然脸上的又一层风霜，时光无情，浩然已是六十多岁的人了。

我与浩然并肩站立在汝河的小桥上，极目远方。望着那亮晶晶的潺潺流水，我似望到了浩然那一颗晶莹的爱心。

拍片开始了。那背景是浓绿欲滴、挺拔高大的杨柳树林。林间景色，清新怡人。一只杜鹃叫，两只黄鹂鸣；几点山花开，几簇野蘑生；阳光沐浴碧叶，露珠打湿草坪。我们几个文学青年，站在我们久已崇拜的大作家浩然中间，身披阳光雨露，脸溢幸福笑容。

浩然亲切地与各位文学青年交谈。他的每一句话，似乎都能给每一个文学青年指一条路。他说，他希望我们能化作文学阵地上的棵棵绿树。

望着浩然，我嘴上无语，心头却激荡着层层波涛。

拍片间隙，浩然从车里抱出一大摞他写的书，一一送到我们手中。每本书的扉页上，都有他的题词和签名……这项工作是他凌晨四点钟在灯下开始干的，一直干到黎明；而在四点钟以前，他则给一个作者看了一部三万八千字的小说……一夜未眠，难怪他的眼里爬满了红丝，他的脸上隐藏着失眠的憔悴与倦意……可站在文学青年中的他，站在那一片白杨树林里的他，依旧显得神采奕奕、满含笑容。照他说，是为了搞“文艺绿化”工程，他付出多少血汗，耽误几部著作，也是值得的，是没有遗憾的，因为他扶持的文学新苗，绿了京郊，绿了三河，绿了高山，绿了平原，绿了文坛和诗坛……站在我们中间，那瞬间在摄影师的镜头前化为永恒……那高大的白杨树，不就像浩然须仰视才见的身影吗？浩然把我们喻为早晚会长成茂林的文学栋梁之材。大树还小，还小，但有浩然老师这样的“文艺绿化”工程，有浩然这样的园丁栽培，有雨露的滋润，有阳光的普照，还小的大树，也许有一天会长成参天大树！

与红孩分享半山红叶

秋叶又渐渐变红了。望秋叶，想到了一个叫红孩的人——这个红孩不是《西游记》里的红孩，是作家红孩。红孩比我矮了不少，年纪比我小了许多，但他却是一位让我“须仰视才见”的人。这不仅因为他是中国散文学会常务副会长、《中国文化报》副刊主编，还因为我们是有着32年交情的老朋友了。

早在1985年的山花烂漫时节，《北京日报郊区版》组织了一次“青年之友”联谊会。在那个会上，我认识了刚刚18岁的红孩。不知道为什么，我们居然有点一见钟情、相识恨晚的感觉。正是在五四青年节那天，我们一起登上了慕田峪长城。当时，我与红孩比肩烽火台，少年老成的红孩发出了太多的感慨；望着层层叠叠的山峦，我们浮想联翩。而今遥想当年，指点江山不成，激扬文字的心却是有的。都说“不到长城非好汉”，当时登上长城了，却各自揣了一个似乎比攀长城更难的目标：登上文坛。

谁知这通向文坛的路可真是“路漫漫其修远兮”。但，走过的路，总会留下一些或深或浅的脚印。人与人是不同的。当年我与红孩登长城，我的大长腿似乎比他走得快。在20年后的那个秋天，红孩携妻女又去登长城，他在长城上给我打来电话，回忆起我们20年前一起登长城的情景，感慨颇多。我的感叹自然也不少。望星空，我想到了和红孩一起走过的路，走过的那一条曲曲弯弯蜿蜿蜒蜒坎坎坷坷的路。当时我们唱着：再过20年我们来相会……可20年后的红孩，却绝对是今非昔比了。

记得在那个联谊会上，红孩拿出纸笔，让我画一座山一条河一棵树。我随意画了几笔。红孩看了，冲我说：冲你这幅画，你命运的走向不错。这画是能够折射你的人生的。我望着他似乎能够穿透城墙的大眼睛说：我感觉你将来不是个凡人。他笑了。事后，我在联谊会上朗诵了即兴写的一首诗《鹰之歌》。红孩说我这诗的气度不小，声音很宽阔，很有磁性。不是在相互吹捧，但此后我们真的成了好朋友。尽管我们都走在文学的路上，可他远远地走在我前面了。我这个人多少有点自知之明，我知道在好多方面，我是不能和红孩相提并论的。可他对有些人却说：我和国镜像亲哥们一样。在一次发奖会上，红孩还幽默地说：当年我是个养猪的，国镜是放羊的。

是啊，当年我在京西的山坡上放过羊，红孩则在京郊双桥农场养过猪。后来，他走上了文坛。大约在我们相会20年后，他已经是散文界的一匹黑马，文坛有名的红孩了。但红孩不忘初心，也始终没有忘记我。有人以为他是个外向的人，实际上他和我一样，也是个多愁善感的人，不然他也不会在慕田峪长城上望着红叶，给我打电话了。

秋天，是枫叶和黄栌叶正红的时候；而要把人生分成四季，我们已经走过春天，走过夏天，甚至说已经走向秋天了；对于我本人，并不悲观地说，已经走入深秋了。秋天是收获的季节，而我回想着那逶迤在群山中的长城，不免有几分“空悲切”的感觉。红孩肯定比我乐观得多。通过他带着磁性的铜音，便可想到他的内心实际上还像一轮旭日在蓬勃欲出。我们走过的路，恰似长城上的小路，曲折而崎岖——但回头一看，那汗水和血水洒满的荆棘中，还是有朵朵带露的鲜花，水灵灵的；自然也有几片红叶，红艳艳的；几枚果实，沉甸甸的。红孩曾如朝阳一般满面红光，用他握过妙笔生花的手，举着在全国各地采撷而来的文学之花，对我说：国镜，咱们走到这一步，也该知足了。

我说：该知足的是你，因为我望着你的项背，还真有点望尘莫及。

红孩笑眯眯地说：咱哥俩用不着说这个，说这话就远了。

是啊，我和红孩应该是近距离贴心的朋友。想当年，我曾经两次试图当他的红娘，连老县长的孙女，我都介绍给他了。可由于缘分不够，也便罢了。红孩在他们的农家院举办婚礼，我是参加了的；那次参加红孩婚礼的，还有著名作家浩然、王宗仁、周大新等人。

时光飞一样过着。转眼到了2007年的秋天，我妻子的诗集《燕京放歌》举办首发式（红孩为诗集写了序言），那天红孩携妻女前来参加首发式，并到我的农家院小坐。当时他的女儿都8岁了吧，已经可以跷着脚摘树上的红柿子了。

那个时候，红孩已经是颇有名气的作家了。但他走进作家的行列，自然也不是一步之遥的事。

成功的鲜花不会轻易向哪一个人开放，即便开放，又何时能够开放？对于我，文学的路更是渺茫。其实，红孩可能也是有些茫然的。当时，在那个雪花飘舞的正月，红孩带着美酒和红灯笼，不远百里，走进了我的寒门，来看望我这个老哥，他还要顺便采访一位乡里的头头。我为了迎接他，专门请人杀了一只羊，我们就着羊肉饺子羊骨头，喝着烧酒，谈论着文学；晚上，我们睡在热炕头上，还是谈论着文学；早上起来，自来水管子又冻了，红孩亲自下到回水井里，用水瓢接水。

那次，当我们谈及写作写得“山重水复疑无路”的时候，红孩忽然就想到了鲁迅文学院，说是到那里深造一下，会提高咱们的创作水准的。

当时我也觉得这是条提高自己的路子。

可我们没有资格迈进其门槛，只能成为函授学员，于是我们就成了函授同学，就巴望着在鲁院的培养下，走向“柳暗花明又一村”。

当年我和红孩还有幸参加了一次面授。那天中午，我们在街头的小饭馆喝了两瓶啤酒，说了几瓶子话。那年，我的辅导老师给我提了个优秀学员奖，但最终没批；红孩可是成了优秀学员……多少年后，我们都成了中国作家协会的会员。

时光荏苒，多年后的红孩已非昔日的红孩。他先后在几个报刊当编辑，又不断跳槽。他在《中国艺术报》当编辑的时候，我上他的楼上找饭吃。我见他用毛笔游刃有余地批阅着报纸大样，感觉他真有几分了不起。吃饭时我和他开玩笑说：你哪儿像个喂猪的呀？他说，我发现猪身上也是有一种精神的，那就是拱的精神。别以为咱们没上过正经大学，可不也慢慢拱出来了吗？

“拱”这个词不好听，那就换成攻克吧。攻坚克难，红孩似乎在轻松中走着一般人难以企及的路。他的收获、他的成就，可算金灿灿沉甸甸的了。他不但在多家报刊当过编辑、记者，担任过主任、主编之类的职务，编发了数以万计的好作品，发现并扶持了数以千计的好作者，还亲自主编了数十套在全国有广泛影响的各类书籍，尤其是散文精品。他的散文诗集、散文集、短篇小说集、文艺随笔集、长篇小说、报告文学等著作，我拜读过后，那是要刮目相看的。不怪有一位女士曾和我说过，红孩的脸总像太阳一样，放着光，那也许是走红运的表现吧！不怪红孩的脸总像一朵鲜花，笑微微的，那也是春风得意的流露呢。

我为红孩成为文坛的佼佼者感到自豪和骄傲。而他，在自信的背后，其实还是很谦虚的。他在一本书里，把给他发过诗文的所有老师，一一罗列成串，以表感激之情。

2003 年的秋天，红孩已经是鲁院高研班学员。他与我联系，想带着同学们到顺义来采采风，我欣然同意、竭力成全。就在那天，一辆大巴车从鲁院向顺义开来，是我带着他们前往那个采摘园——当时望着那一嘟噜一串的各色葡萄，我知道，采几串葡萄实在太容易了，而要在文坛取得沉甸甸的收获，那是很难的；我带他们参观了地道战遗址纪念馆，在这个和平年代，出入地道是很容易的，而要在文坛闯出一条通道来，写什么东西都达到呼之欲出、游刃有余的程度，那肯定是不容易的。红孩把所有该过的关都过了。他读万卷书，走万里路，是令我佩服的。但望着他的背影，我并不觉得悲观。

我愿意做一个望着红孩的背影，一步一个脚印向上攀登的跋涉者。不，红孩其实也伴着我一路走来。在文学之路上，他也给过我太多的指点和提携。我的散文《人去情还在》，获得“中国西柏坡散文节”二等奖。我和红孩同乘一辆车，前往河北正定领奖。我发表在《北京文学》上的散文《那山那人那片情》，被红孩惊喜地发现了，他将其编入“我最喜欢的100篇散文年选”，还撰写了精彩的点评。他主编的《中国文化报》副刊，也常有我的散文发表，且有《母亲与羊羔肉》《母亲把秋天留下走了》等多篇被报刊选载。

文学的鲜花也在向我开放着。是在又一个秋叶红了的秋天，我又一次到慕田峪登长城。自然，我会想到第一次和红孩一起登长城的情景。那个时节，我的第一部散文集已经通过出版社的终审，但书名他们说还拿不准，因为我提供了几个书名。而恰恰我在长城上嘀咕那几个书名的时候，恰好红孩给我打来一个电话，说是建议我的散文集的书名不要叫《流过镜子里的河》，也不要叫《太阳灯》《阅读山水》了，就叫《太阳照耀我们》吧，显得大气。这一下书名就定了。我望着天上的太阳，就想到了那个散文集自序的题目《揣着太阳登长城》。此时，我也想到了红孩的第一本书，也是他的第一部散文诗集，就叫《太阳真好》。

我们都喜欢太阳。

让我没想到的是，我那本《太阳照耀我们》的散文集获得了第五届全国冰心散文奖——当我与红孩同乘一架飞机，穿云破雾，前往广西北海去领奖的时候，我的心也像一颗太阳，暖烘烘红彤彤的。太阳给大地带来温暖，文学给人类带来光明，有了爱便有了一切。我们爱文学，文学也爱我们。是在 2015 秋天，我又和红孩同乘一辆车，前往天津领奖——我的散文《石头与人生》获得了东丽杯全国孙犁散文二等奖。红孩特意跟我解释说：你这个奖不是我评的，我也不知道你获得了二等奖，我负责一等奖的点评。

我和红孩会心一笑。

那天晚上，他说他看了我的一本诗集《感悟奇石》。

一年一度秋风劲。转眼又是秋天了，秋叶又渐渐变红了。那天，我在院子里采了一片由绿变红的树叶，想到红孩也 50 岁了，到了知天命之年，也到了人生的秋天。一切都过得这么快。红叶，你还是慢一点变红吧。

文章写到这里，我又想到了 32 年前我们登慕田峪长城的情景。我多想再和红孩共同登一回长城——当然，如果他实在忙得不可开交，我独自去登一回长城，在长城上采一簇红叶，与他分享，那也是一件乐事吧。因为从那叶脉里，可以看到我们的诗文，还有我们跳动的红心。

徐刚俏也不争春

自从盘古开天地，鲜花开了一茬又一茬，任凭神仙也是一万年都数不过来的。花儿曾经开过，而今依然开着。赞美花的诗歌，或许也像鲜花一样多？

花的诗如繁星闪烁。诗的花似鲜花烂漫。诗人挥动生花笔，年年“她在丛中笑”。自古咏花诗人，达到了“感时花溅泪”的境界；而今又有吟花者，令我感佩。说来，我佩服的当代写花诗人当中，就有著名诗人、作家、环保文学大家——徐刚。徐刚的人和诗一直在我心头珍藏着——恰如一朵不凋的鲜花。正是因为对徐刚老师的崇拜，当我的诗集《鲜花在绿港绽放》被列入出版社计划的时候，我便想着能请徐刚老师给这本诗集写几句话。

上高中的时候，我就是徐刚的崇拜者了。1982 年 11 月，我在报刊上发现了一条书讯，便赶忙写了一封信，在平信中夹了 2 元钱，走 20 里山路送入邮筒，欲购此书——一周后，2 元钱又寄回来了，一本蓝底金字的书也同时寄来了，扉页上还题写了一行字：高国镜同志指正。这本书就是徐刚写的诗论诗话集《诗海泛舟》。我捧着这本书，如捧着一湾蓝莹莹的海水，贪婪地读个没完，当然也激动个没完，那心头就如同涌进了汩汩甘泉。

此后我天天想着：该怎么报答徐刚？总不能白要人家的书吧？可我一个山野青年，又没有什么可回报我所敬爱的诗人的礼物。那天，我在山上碰到一只山鹰，刚刚抓到一只山鸡，正要凌空飞去，于是我大叫着，硬是把山鹰吓得慌了手脚、乱了方寸，乖乖地把山鸡丢下，飞跑了。我奔上前去，捡起那只还有气的色彩斑斓的山鸡，第一时间想到了一个人，徐刚——我要把这只山鸡送给徐刚。

翌日一大早，我赶了30里山路，提着那只野鸡，坐上火车，又倒了几回地铁和汽车，就冒昧地辗转到了人民日报社。我太幸运了，本来该下班了，徐刚却还在班上，当他的手在楼道里握住我的手的时候，我高兴地想，我这辈子总算是第一次握到诗人的手了。当我把那只野鸡送给徐刚时，他却没有盛情难却，而是婉言谢绝，甚至可以说是坚决拒绝了。可他那颗诗人的心分明是受了感动的，他直说谢谢我的好意，并由此说出什么才是诗，如何发现诗，他说到过你们门头沟，连雁翅这个地名都是一首诗，一个山核桃都可以写出一首好诗来。他还说，山鹰抓山鸡的瞬间，不就是一首诗吗？当时我从书包里掏出了一首诗，递给他，他看后说，有点意思，就把我写山鹰抓山鸡的诗留下了，说是编上试试。他还给了我一摞稿纸，让我好好写诗，并说我发表在《北京文学》《北京晚报》上的诗他看了，是诗，但还不算好诗。临走前，他紧紧地握着我的手，说我常年生活在山花绽放的大山里，肯定会采撷到真正的诗花的。

此后26年间，我再也没见过徐刚——但我常常想起他，关注着他的作品。他的《抒情诗一百首》刚出版，我便专程到书店买了一本，并一直珍藏、拜读到现在。那诗集中作者的手迹是一首写花的诗，《悬崖上的红杜鹃》，此后正文连续的三首诗都是写花的，第一首诗叫《迎春，母亲的倩影》，读后我觉得也有点像我的母亲。感人。

从此，徐刚的诗和人就一直占据着我心灵的位置，就像他写的那盆水仙花。从此，我也没少写花的诗。我还萌发了让他给我的诗集写个序的奢望。当终于通过一位朋友求到徐刚的手机号时，我用一串看似平常的阿拉伯数字终于换来了徐刚——那实在是久违了的诗人的声音。用了不到两句话，我便知道诗人没有忘记我；当我请求他给我的诗集作序时，他却对我说：我给你推荐一个人吧。他说这个人在《诗刊》是做大主的，又是名诗人，建议我的诗集让他给写序，并告诉了我他的电话。然而，我的电话打过去后，那人却把时间向后推了几个月。这就等于婉言谢绝了。于是，我便又拨通了徐刚的手机号码。徐老师痛快地许诺，兄弟，从珠海回来后，我给你写序。

近 30 年不见，且只有一面之交，在我看来很了不起的诗人的心中，居然还装着我这位“兄弟”，我知足了。有这么一位良师益友贤兄给我写序，我激动得又彻夜难眠了。

请名人写序，听说一般都需要给点润笔费。可我推想，徐刚老师怕是瞧不上我那点润笔费的，我也就放弃了给红包的念头。那天，徐刚约我前去一家酒店，让我把诗稿先送给他看看。我按时到了酒店，只见一位白发飘飘、鹤发童颜，分明是带着十足的仙气和灵气的长者笑吟吟迎上来，与我握手。说实话，我简直认不出来他了。当初在人民日报社与他见面，他虽然已经谢顶，但毕竟还算年轻，而今他分明是个老诗人了。但他这位充满仙风道骨的人，言谈举止依然透着十足的骨感、骨气，他所说的话，分明与众不同。他要了两杯柠檬冰水。我们一边喝着冰水，一边谈着诗稿。他指点着一些诗歌，说哪些地方写得不错。他说你的诗很有感情，这是最可贵的地方。

那天，我要请徐刚吃饭，他坚决拒绝了。他说：“在饭店吃什么饭？饭店的饭千篇一律。等以后我到你家去，让你老婆给我做农家饭吃。”他还拍着我的肩膀说："兄弟，就这样。我会尽快把序言给你写出来。"

当时，我想用一箱特制啤酒向徐刚老师表示谢意，可最后还是让他给拒绝了。我这箱啤酒白从顺义的农家院搬到北京的农展馆了。那天，我望着徐刚老师的白发，觉得他又像个诗人，又像个仙人。他的一番话，对我来说那简直是仙人指路啊。

半个多月后，徐刚便给我打来电话，说是序言已经写出来，让我到指定的地点去取。我便又乘着长途车，去和徐老师接头了。

还是在那家酒店，我又和徐刚见面了。他的脸上透着宽厚和慈祥，表情也透着不同凡响。他把亲笔写的序言，亲手递给我。我望着那胜似书法家的笔迹，很是感动。这序言的题目叫《花不知名分外娇》。我想先睹为快，便一字字一行行看下去。这时他又点了两杯冰水，递给我一杯。徐刚又谈到了我的诗稿，他说他尽管手头很忙，但我这几百首诗他都看了。他说："不错，你写的这一大堆花的诗，大多还有些新意。你对大自然很有感情。"他举起冰水，与我的杯子进行了适度的碰撞，说："小高，祝贺你的诗集即将出版。"

那天，我拿出一个贝壳来，送给徐刚老师，我知道他喜欢贝壳。徐刚果然喜欢贝壳。他说："我有很多贝壳，但你这个贝壳我收了，就算是你回报我了。我也回报你，我给你这序言的手稿，我就不复印了，就送给你了。"

手稿，能够得到徐刚老师的手稿，那可是求之不得的呀。那天，我拿着那份手稿，手里沉甸甸的，心头暖烘烘的，眼前金灿灿的，像有金色的花朵在绽放。

"我还希望读到高国镜笔下大地之上的寂寂无名之花，因为花不知名分外娇。"

这样的序言，像鲜花在大地上绽放。

《青春之歌》让人永葆青春

2014年的8月初，我辗转从时任顺义文化馆馆长史红艳手里一连接到了两张暖色调的邀请函，都是中国作家协会邀请我参加杨沫百年诞辰纪念活动的。

8月25日那天，我坐公交车，提前到了中国现代文学馆。那里满目都是杨沫一生的珍贵照片，她在笑吟吟地看着我们。在那个活动中，我应邀朗诵了自己创作的诗歌《百年杨沫》。难道我的语言、我的声音真是语惊四座、真有那么震撼、那么动人吗？我的诗刚朗诵完，那掌声绝对是经久不息。中国作家协会的铁凝主席久久地望着我；主持活动的中国作家协会党组书记、副主席李冰对我的诗进行了点评，问我是不是学过播音，怎么朗诵得这么好、这么动人。

在这个活动过去两年后，杨沫的大女儿、作家徐然带着她的老伴，还有一袋水果，专程到我的农家院来看望我。徐然还说：国镜为我母亲朗诵的那首诗，太感人、太漂亮了。那是对我母亲的真情怀念。

说来，还是在1985年，我参加北京青年文学作者创作会，会上著名作家杨沫穿着红毛衣，给我们讲了好一番语重心长的话。在这之前的之前，我还是青春小伙的时候，就读到过杨沫的《青春之歌》。当时有多少话想对杨沫说呀，可那似乎又是不可能的；而那天她给我们讲话，我是有机会上前与她说话的，可由于我这人腼腆，就失去了那次机会。后来是她的大女儿徐然在《北国风》给我发表了一篇小说，我们才有缘相识了。再后来，徐然老师在顺义颐养天年，我们又有了来往。但那个时候杨沫先生早已经西去了。我今生不可能有和杨沫对话的机会了，但却有幸受邀参加杨沫先生的百年诞辰纪念活动。在活动中，我朗诵了那首激情洋溢的诗歌《百年杨沫》——这首诗发表在2014年8月29日的《中国文化报》上：一百年前那串女婴的哭声 / 不是诗，不是歌 / 而后来的后来 / 那女婴成了追随革命的少女 / 追梦人从那个年代走过 / 曾经的爱与恨，血与火 / 上下求索，悲欢离合 / 一切都装在脑海和心窝 / 火红的年代回忆火红的青春 / 心灵的轨迹伴随历史的车辙 / 为了再现不能忘却的人 / 为了歌颂照亮长夜的先驱者 / 对前辈对后人有话要说 / 不写，心潮就像大海 / 哪有平静的时刻 / 于是她用饱蘸激情的巨笔 / 写出了折射着自己脚印的 / 跳动着时代脉搏的长篇小说 /——《青春之歌》……

《青春之歌》，那是一部红色的小说。在青年时期拜读这部小说的时候，我的青春似乎也随着书中的主人公而更加火红了。时代不同了，否则，我肯定也是一位革命的追随者。想想那位坐在火车上的少女林道静，我就觉得如果和她坐在一列火车上多好。文学的魅力和感染力就在于此。

是时代锻造了杨沫，杨沫才打造出了长篇小说《青春之歌》；她用自己金子般的心，让书中的人物闪光鲜活；她用自己沸腾的热血，让笔下的人物增光添色。沉甸甸的巨著一问世，就像太行山的朝霞一样红火。那山丹花般热情的文字，点亮了多少人的心头？让一双双眼睛湿润滚热，让我的眼睛也曾经泪光闪烁。多少青年，多少读者，捧着那本墨香弥漫的长书，心像北戴河的浪花澎湃超脱，像鸽子窝的旭日朝气蓬勃……林道静、卢嘉川、林红、江华……这红色的阵容，这红色的组合，这一位位让人崇敬的革命者……那个年代青春的身影没有走远，又从我们心头走过；先辈们依然在读者心中举着红艳艳的旗帜，一路高歌……那位家喻户晓的作家也没有走远，尽管百年长路，几多坎坷，几多花朵，杨沫先生还在微笑着面对读者……

这就是那部《青春之歌》给我的启迪，给我的力量，给我的激情和气魄。杨沫先生远去了，但她的书还在我们身边。也许杨沫的女儿徐然老师知道我喜欢她母亲创作的《青春之歌》，所以才把几个不同版本的《青春之歌》送给了我。

今年九月，徐然老师和她的先生都八十岁了，可他们却双双飞往美国，到那里颐养天年去了。临行前，我送给他们几句小诗：难忘当年《北国风》/ 拙作《换坟》贵刊登 / 徐然老师作嫁衣 / 墨香未散情更浓 / 只当双双八零后 / 莫道遥遥夕阳红 / 银鹰远飞心拉近 / 异国他乡多保重……

写完这几句话，我不禁有点泪眼蒙眬，又想到了杨沫先生的巨著《青春之歌》，又想到了徐然老师携先生到我的农家院里看望我的情景。他们都八十岁了，却依然忘记年龄，永葆青春。这其中有秘诀吗？我在《百年杨沫》那首诗中，是这样结尾的：一百年，历史的长河 / 谁能让青春常在 / 打开吧，红色长卷 /——《青春之歌》……

难忘刘绍棠

1997 年第一场春雨来到北京的时候，著名乡土作家刘绍棠走了。每当想起他，我的心都会感觉沉甸甸的，眼眶阵阵发热。透过模糊的视线，凝望着刘绍棠的著作和照片，他的音容笑貌又浮现在眼前。

20 世纪 80 年代，我曾多次听到过刘绍棠的文学报告，并几次与他一同开会。刘绍棠的作品给我留下了美好的印象。他热情坦诚，大度乐观，爱憎分明，敢吐真言。对于我这个业余作者，他曾给予过关心与爱护。

1982 年春，我冒昧地把一部写得很乱的中篇小说寄给了刘绍棠。他在百忙之余看了并推荐给某杂志。此习作虽未发表，但可见刘绍棠对无名作者的关怀。

在通县开会时，初次见到刘绍棠，我只用崇拜的目光一再地“盯”着他，却不好意思与他说话。谁知，他竟主动上前，向我伸出有力的大手，并爽朗地说：“高国镜，你给我写过信，我也给你回过信。以后你要多写作品，为咱们乡土文学添砖加瓦。”我的心中热乎乎的，并暗下决心，争取写出有田园气息与泥土风味的诗文。

1985 年，我的几篇小小说收入一本书中，刘绍棠为此书写了序言，并重点评了我的拙作，说我的作品“质朴而有余韵”。那以后，我更从心中敬佩刘绍棠老师。有一次在丰台开会，那天的早点有小米粥，我去盛粥时，刘绍棠也去盛，我让他先盛，他直说“谢谢”，并说“小米粥真香”，又说“喝了小米粥，可多为农民朋友写小说”，此事虽小，却可见刘绍棠对农民的深厚感情。

那回在昌平开文学会，中午，大家喝得很热闹。我天生不善言辞和交际，但出于真心，前去向刘绍棠敬酒。刘绍棠一再说：“高国镜这杯酒得喝，我就等这杯酒哪！”两杯相碰之后，刘绍棠一饮而尽，并把酒杯亮给我看，还一劲儿说：“喝酒不是目的，写作是目的。以后多写。”

天有不测风云。那之后不久，刘绍棠患了偏瘫病。我很为他难过，也曾多次想去看他，但终未如愿。好在我经常看他的文章，也就如同见面了。可我做梦也没有想到，他会忽然在一个早上离开人间。听到他去世的消息后，我捧着他的著作，走出走进，心情格外沉重。今生今世，是不会再见到刘绍棠老师了，但他定会是我终生难忘的一位作家。他的人品与文品，永远值得我用心学习。

李敬泽落下的诗集

那年 8 月 25 日，我应邀参加杨沫百年诞辰纪念活动。在中国现代文学馆，我送给邻桌李敬泽一本诗集《中国菊》。李敬泽，那可是名人、领导、大人物，他欣然接受了诗集，并在会前不时翻阅。后来他临时有事，提前退场了。也许是他走得过于匆忙了？眼看着我送他的那本诗集还在桌子上放着，可他却已经匆匆离开了会场，我有几分尴尬。

让我没有想到的是，过了七八分钟，李敬泽居然又返回来了，他直奔那张桌子、那本诗集而去。他顺手拿起那本诗集，还有几分抱歉地说了一句："我把诗集落下了。"说完便拿着诗集匆匆地走了。

望着李敬泽的背影，我自然有几分感动。说句实话，我参加过不少有关的会议，有的作者好心好意送给领导的"大著"，往往在散会后，领导一抬屁股就走了，好多领导根本就没有把别人赠予的书带走，而是丢在了领导席上，更别说是拜读指教了。李敬泽在匆忙中把诗集落下，然后又返回来取走……这一举动，是对作者最大的尊重，也会让作者备受感动。

陈建功的名片

那年，著名作家陈建功先生送给我一张名片。我捧起名片一看，只见洁白的纸上，除了赫赫大名，便是两串电话号码以及邮编和住址，其余就没了。连工作单位都没有，至于那各种“衔儿”，一概都省略了？看至此，我不禁想到了其他一些面孔的名片。那些名片我虽一一敬重，一一保存，但回头一看，却有几分眼晕之感，甚至有几分累的感觉。为何？就在于那“头衔儿”太多了点，什么这个“长”那个“员”，这个“席”那个“事”啊，列一大溜一大串一大堆一大排，密密麻麻的，举不胜举！名片的分量似乎太沉重了，可又不知罗列那么多“称号”有何用，是否属实。只为出名吗？

其实，靠名片是不好出名的。真正的名人是靠其研究成果、诗文著作、工作业绩、社会影响出名的，而非在名片上罗织大名。陈建功的名片不过一个三字名而已，但看了那名字，却也知他是位一流的著名作家，是中国作协书记处的书记，是副主席……美言一句，陈建功的大名早已藏在人们的心里了，何必在名片上反复炫耀！

所谓名片，我以为，就是给对方或双方提供一个交流的桥梁；至于“久仰大名”的作用，当在次之；如有意“显摆”，大可不必。

看了陈建功的名片，写了这几句“感言”，相信读者不会怪罪和多心。

如果再赘述几句，那就是名片所起到的沟通作用了。当年陈建功送我的名片，无疑是架起了一道作家与作者的桥梁。正是通过这张名片，我后来联系到了陈建功，想让他给我的诗集《昨日诗花今灿烂》写个序言。他痛快地答应了。他说让我把诗稿的电子版发给他。我说我还是直接去送稿为好，我还想给他送一些自家院子里种的蔬菜。他很爽快地表示，蔬菜就不要送了，千万不要拿来；我要是想亲自送诗稿，就把稿子放在中国作家协会传达室，写上他的名字，他就能收到了。我说我还想上楼和你待会儿呢！他说估计他不在，在的话，当然也可以待会儿。陈建功的言语中透着幽默。

我遵嘱将诗稿送到了中国作协，但没能和陈建功“待会儿”。不久后他打电话说，序言已经写完，让我去取。可那天赶上他开会，还是没能“待会儿”，但他的序言我是拿到了。这序言后来发表在《北京日报》上。好多人看后，都说把我夸得可以。有人还问：“你还能和这么大的作家联系上呢？”

我回答了一句：“他给过我名片。”

后来，为了表示对陈建功的感谢，我把从香港带回来的一个镀金的紫荆花拿到了北京出版社，想通过陈建功的夫人转达我的心意，可隋老师坚决拒绝了，她说建功在京西煤矿挖过煤，你也是京西人，写个序言，怎么还能接受礼物？我也就不好再坚持了。有陈建功的名片在，我们的联系有时候还是有的。我把书给他寄过去，他总要通过手机回复：大著收到，有空拜读。有时候他还发来这样的短信：正在美国，时差问题，短信迟复为歉……

名人的名片，起到了凡人与名人沟通的作用。

2018 年 3 月，我的电影文学剧本《门神》在《中国作家》发表。陈建功得知后，很是高兴。他说你把剧本的电子版发给我吧，我给你看看；合适的话，我给你推荐到一个导演朋友那里。我自然高兴。我说陈老师，我还是亲自去给你送剧本吧。他说不用，你又没有车，大老远地跑个什么劲儿，再说，你再跑得快，你也没有电子邮件跑得快呀。陈建功的幽默感又上来了。陈建功的憨厚和实诚，是聪明人的憨厚和实诚。他说看完剧本再说，你先把剧本电子版发过来，我把邮箱给你。

于是那个叫《门神》的剧本就"飞"到陈建功的府上去了。没想到，他一夜之间便把剧本看完了。第二天他便打来电话，说要和我谈谈这个剧本。我说面谈吧。他说可以，但后来他又"变卦"了。他说："国镜，你还是别跑了，你也千万不要送给我石头，我也绝不可能接受你的石头。你看这样吧，咱们还是利用现代化的工具，咱们就在电话里谈你这个电影文学剧本。"

我说好，也好。

于是那天，我就通过电话，听陈建功跟我谈剧本。大家就是大家，人家见的世面大。陈建功那也是搞过影视剧本的大腕，对电影剧本那绝对是内行。他谈到了古今中外的一些电影，结合那些电影，谈到了我那个剧本的优点和缺点；自然，他也谈到了"触电"难，因为拍电影需要大钱，所以他坦率地说，你这个剧本投拍的可能性茫然……

虽然这个剧本拍成电影恐怕很难，但陈建功和我谈的这个把小时，那可是千金也换不来的呀。而我只是用一串阿拉伯数字，通过陈建功那张名片，就收到了"听君一席话，胜读十年书"的效果。

感谢陈建功的名片！

崇敬张志民

“家住京西山沟窄”，我与诗人张志民都是京西的山水养育的子孙。当年，我的一位表弟送给我一本旧诗集。当我得知这本诗集的作者与我是同乡时，我久久地捧读诗集，又久久地遥望远方——不远的远方，没有诗人的身影，却是诗人的故乡；难觅诗人的脚印，却好找诗人的诗行——“肩扛的是枪，怀揣的是爱”，“风吹太行绿，雪打燕山白”，“半筐诗稿向未来……”

尽管我崇拜张志民，但我却没和他说过一句话、握过一次手。有两次开会，他在主席台上坐着，我望着他苍松般的身姿和山石般的面孔，久久地，只能用眼神表达崇敬之情。后来，我几次去他家和文联拜访他，都因他“回门头沟深入生活去了”而扑空未遇。可见，诗人对故乡，爱得深沉；对创作的源泉，无比亲近。难怪，诗人的诗如山泉一般，撞击着那么多读者的心！

爱一个诗人，一般得从爱他的诗开始。记得 1976 年的初冬，有那么多的老师和同学在奔走相告：张志民的诗又发表了！一位中科院的教授说，他太喜欢张志民的诗了。他建议我，多读张志民的诗。从此，我到处寻找张志民的诗。当我在一张糊了顶棚的报纸上发现张志民的诗的时候，我扭着脖子瞪着眼，看了老半天；当我发现一个同学的日记本里抄了大量张志民的诗时，我也要过来，抄了一首又一首；80年代初，中央人民广播电台播放了张志民关于诗的讲话，我将此“讲话”录了音，把录音机带到放羊的山上，听了一遍又一遍……

“莫道人前三分矮，给个皇帝也不换。”这诗曾经激荡在多少人的心头！真诚的诗，真诚的人！诗人举着红亮的心说：祖国，我对你说……

张志民十二岁便参加了革命，十几岁开始写诗、发表诗；那从战火中走来的诗人，那出过几十部诗集的诗人，怎不令后辈无限景仰？

我曾驱车前往诗人的故乡——煤窝。在那个小山村里，我张望了许久，徘徊了许久，也思索了许久。当有人感叹如今的诗人太多了的时候，我却觉得，像张志民这样的诗人，其实是太少了。张志民任《诗刊》主编的时候，我几次在《诗刊》社门口徜徉，多想进去看看他呀，可最终也没和他相遇……

那年我给他写了一封信，寄去了一些诗稿。我没想到他会很快给我回信，并把我的诗稿转到了有关杂志社。他用毛笔给我写的那封信，我一直珍藏至今……

听一位诗友说，张志民曾多次与他提及我，说在报刊上看到了我发表的诗歌，他说不错。他还特意和那位诗友强调：高国镜我们是老乡，不远的老乡，我们都是京西山沟里的乡里乡亲。没赶巧，他几次来拜访我，我都不在家。

而今，张志民去了。反复捧读他的墨迹，不禁热泪滚滚，不禁诗思滚滚：百花山高，永定河长，难忘那老乡诗人火热的诗心、火热的诗行……

凤翔老师花间笑

近日有些小小的郁闷和纳闷儿：几次给凤翔老师打电话，都无人接听；给他寄去了书刊，也无回音。是在午后，我才被文友赵国培的一条短信震惊了：原来，凤翔老师已经走了。他怎么走得这么急呀？这太让我难以接受了！

我的纳闷儿全变成了郁闷，变成了无尽的悲痛——我从书柜里抽出一本沉甸甸厚重的书《凤翔散文选》，这书是1997年的时候凤翔老师转交给我的，还特意签了名：高国镜同志指正。此刻，我望着扉页上凤翔老师俊秀而文气的照片，望着他笑吟吟的脸庞，真是欲哭无泪。一向乐观豁达的凤翔老师，怎么就这么突然地走了？我抚摸着他的散文集，那里边收录了350篇散文，可谓一次宏大的集结。当时拜读了这些散文，我写了一篇文章寄给凤翔老师。凤翔老师看后给我回电话说，文章写得挺好，可因为是写他的，他不便推荐。后来那文章也就石沉大海了。可凤翔老师绝对是一位“为他人做嫁衣裳”者。仅在他的散文集“文艺家轶事”里，他就写了100多篇文艺家的美文，那其中还有一篇是写我的。

由那篇文章，我想到了我第一本书的责编，那就是李凤祥老师。

说来，凤翔老师可不仅仅是我一本书的责编，可以说，他很早很早，起码是从1981年开始，他就是我不知名的责编了。从20世纪80年代到90年代，我在《北京晚报》上发表了近200篇诗文。后来我才知道，凤翔老师是“五色土”副刊的主任，我那些文章都是要经过他过目，经过他的手签发的。可我当时并不认识他。是在一次文学座谈会上，他笑吟吟地点到了我，他说他简直有点偏爱我的稿子，有诗味也有人情味，尤其是散发着山野和乡土的气息，所以我的中稿率的确很高。他希望我有好稿子还给他们。我曾经和妻儿开玩笑：咱们有好多零花钱，简直就是凤翔老师给的。

凤翔老师是一位乐于助人的编辑。说他是一枝梅花，“俏也不争春，只把春来报”，是一点也不过的。当年他给我来过那么多的亲笔信，现在我还保留着。即便他退休以后，在报刊上看到我的文章，有时候还剪下来，附上一封信，寄给我。当然，我看到他的文章，一般也要打电话告诉他。那时候他就笑着说：“我还没看到哪，你倒先看到了。谢谢你啊，国镜。”

凤翔老师是个成人之美的人。他给郊区的业余作者写过多少“美言”，恐怕是不计其数的。2008年，我和妻子共同出版了一本奥运诗集《蓝色的梦》，寄给他一本，他很快就在《京郊日报》上发表了评论文章，写得热情洋溢，非常中肯、到位。那以后，我出了书，或我编辑的内刊《顺文学选粹》，总要给他寄去。他收到后，总是会很快回电话，笑呵呵地和我说看了这些书的“读后感”。我知道，凤翔老师其实是非常忙的，因为我给他打电话时，他往往都在外地，有一些活动想请他参加，也总是赶不巧。他曾经多次表示：国镜，你们想着我，我有时间会到顺义去的。

凤翔老师是一个总想着别人的人。我在给他打电话时，他总要说一大群顺义的作者，老的少的，他几乎无所不知。他用他渊博的知识，用他的人生体验，给我讲述文学，讲述做人的道理。文如其人。他的话就像他的文章，直言中透着暖意，那文章像是他那颗透明的心，总是那么娓娓道来，不多说一句，也不少说一句，浅显中透着深刻的道理。在今年夏天那个傍晚，我又给他打去了电话，我们聊了半个多小时。我们谈到了很多作家和作者。那次聊天，他和我说到了身体，说到了生命的宝贵。他提到了刘绍棠和浩然，他说他们写得太苦了，否则，应该能多活几年。他还提醒我也要注意身体了，千万要保重身体；过了知天命的岁数，有些事就要想开了，不要拼命，多出一本书少出一本书，多发一篇小说少发一篇小说，无所谓的。名利要淡泊。我问他的身体怎么样，他说还行。他还是那么乐呵呵的。

谁会想到，这么快就传来了凤翔老师远去的噩耗。这不愿接受的现实，又必须得接受。我多想再看一眼凤翔老师那笑盈盈的面容啊。此刻，我又从书柜里抽出了一本书，那是我的第一部中短篇小说集《山情野恋》，责任编辑就是凤翔老师。事后我才知道，凤翔老师那么忙，当时还接受了出版社请他当我新书责编的苦差事。那是一部30多万字的书，看一遍，得消耗多少体力和视力呀！可他却那么认真地看了书稿。书出版后，他还写了一篇文章，题目叫《老肖送我山情野恋》，那文章的字里行间，给了我多少评价和鼓励呀。除此，当年凤翔老师还把浩然老师给我写的序言，以《高国镜的小说》为题，在《北京晚报》显要位置发表，这显然提高了我的知名度。凤翔老师帮过我那么多的忙，我却从来没到他家看望过他一次，他总是笑着说："打个电话比什么都强，就当见面了。"

可是，以后我再也不能给凤翔老师打电话了，因为他已经到了另一个世界，那里不通电话。我本来应该前往八宝山送凤翔老师最后一程的，可由于我那天确有难以脱身的事情，就请大度的凤翔老师见谅，并希望老师一路走好。如果把凤翔老师比作一只凤凰，就把这远去当作一次凤凰涅槃吧。好在，他的诗文还在这个世界上散发着墨香。窗外的菊花正斗雪傲霜，那可是凤翔老师的脸庞？

第四辑　真情永远

我家的树

我家的院子里曾经有两棵树，一棵是枣树，另外一棵还是枣树。头一棵枣树不属于我，我也没吃过那树上结的一颗果。听说这老枣树，当年结满了果实，红了半村，香了半村。后来，那个荒芜的院落卖给了我，这枣树也便属于了我。

那年开春，我在那棵老枣树下，破土动工，开始打造一家人的“新窝”。拆了旧房盖新房。此时此节，那棵老枣树也吐出了新芽，放出了新叶，开出了一树金色的枣花，摇曳着淡淡的清香，投下了斑驳的阴凉。木匠和瓦匠在这树下干活，就免去了紫外线的照射。妻子在树下剁麻刀，劳苦中就有了几分惬意。人们在树下喝茶、吸烟、吃饭，就多了几分温馨。然而，随着鞭炮声的炸响，五间大北房拔地而起了，而那棵老枣树却成了那房子的障碍物。它像一个刺头和怪物，挡住了新立起来的门户和窗户，挡住了阳光和月色的进入；有人说因为它的存在，我家的屋门就形成了一个字：“困”！

没等我说话，村干部就下了命令，大手一挥说：砍了它！于是小工的大镐升起来又落下去，就刨断了它的根；于是那一树枣花，就再也没变成果实。金灿灿的枣花消失了，金灿灿的阳光才能把寒舍光临。

那年开春，这一棵枣树倒下了，我又把另一棵枣树栽到了南墙根。听说民宅里不可缺少枣树。枣树有着太美妙的谐音和寓意：早发财早立子早树雄心……好一棵新生的枣树啊，花儿又黄了，香飘入云；枣儿又红了，红透人心。枣树摇着满院情，永远迎接秋和春……

后来，这一棵枣树也遭遇不测风云，变成了一段枯木，变成了一段美好的回忆；那曾经的绿叶、黄花、红枣，还带着几分甜蜜和温馨。

我家的院里曾经有两棵树，一棵是石榴树，另一棵还是石榴树；我家的院里曾经还有两棵树，一棵是柿子树，另一棵还是柿子树。正因为这些树，我给小院取名为柿榴园。可随着岁月的流逝，园还在，那树去了何处？

怀念那两棵石榴树。当年，它们就长在房前的不远处。夏日里开出火一般的石榴花，似乎能点燃日落日出；秋天结出两树沉甸甸、红艳艳、圆溜溜的果子，摇曳着一院子的秋色、幸福和富足。可后来一连几场大雪下过，雪把石榴树覆盖在漫漫长夜里、寒夜里……谁知，来年开春，那石榴树再也没有复苏。它们又变成了两段回忆，两段枯木。望着那夏日里干枯的枝干，我简直想哭。

怀念那两棵柿子树。那两棵柿子树中的一棵，没有等到“生儿育女”就夭折了。另一棵栽在东墙根下的柿子树，却成了不小的气候。它很快就超过了两房檐高，显得还挺霸道。它很快结出了一树又一树的果实。那棵树上的柿子，不是磨盘柿，也不是所谓小火柿，个头不大也不小，熟了以后黄澄澄的，透着饱满、丰满和圆满。那成色也是绝对的胜似足金的金色。柿子在阳光的照射下，就像小红灯笼一般。这柿子挂满枝头，当年照小儿说，像挂了一树小太阳。这果实招来了太多的喜鹊和其他的鸟类，他们在啄食树上的“小太阳”。但这“小太阳”太多了，被鸟吃几个也不显得少。我们之所以迟迟不去摘那树上的柿子，是想等着有亲朋好友来，让他们采摘，图个新鲜。别说，这棵柿子树上的柿子还真是被有些名人采摘过。就连当年著名作家浩然来到我的农家院，也对那柿子情有独钟。我们摘柿子的时候，已经到了晚秋。我和妻儿，或拿着钩子，或爬到树上，把那树上的柿子一个个取下来，放到篮子里。那么一棵柿子树，会摘下好几篮子柿子。我把柿子摆在窗台上。我还特意撅下几根带着柿子的树枝，挂在书房或卧室里，以分享这美满的秋色。那年秋天，我们家来了不少客人。他们摘柿子的时候，我们一起照了很多相。大家拿着柿子照相，满脸透着幸福。

那年，那棵柿子树也走到了终点。我想在那柿子树下盖一个小小的奇石馆。我和包工头说，这柿子树就盖在这奇石馆里面，不要动它，让它从奇石馆的房顶上钻出去，它就是这奇石馆的一把遮阳伞。但包工头说，那样绝对不行。他建议把这柿子树挖走，栽到合适的地方去。他说他保证这柿子树挪个地方照样成活，照样开花结果。可最后的结果是，这棵柿子树被移栽后，树枝上虽然吐出了几片绿叶，最后还是成了枯树。我真的也想为这棵柿子树痛哭。想起当年我和一位山西的作家坐在走廊上，望着那树上的柿子，他说他走了以后，是要写一篇散文的。后来，我没有见他在散文里写到这棵柿子树。他曾经说让我用手机把院子里的秋色照下来，发给他看一看。我却没有照，因为院子里没有了那棵柿子树，那秋色似乎也就没有什么含金量了。

我家院里有两棵树

我家的院子里曾经有两棵树，一棵是樱桃树，另一棵还是樱桃树。这两棵树代替了那两棵石榴树。这两棵树开春会开出两树洁白的花，招得蜂飞蝶舞。我和小儿在树下、树前，不知道吟出了多少诗歌。小儿那天真烂漫的诗句，就像那樱桃花一般晶莹剔透。都说樱桃好吃树难栽，这两棵樱桃树却很轻易地就活了，当年就开花结果了。这樱桃的品种肯定是那种更野生、更原始、更不起眼的，所以结出的果实虽然很稠密，一嘟噜一串的，但个头却很小，就像一颗颗小小的玛瑙或珍珠。但那果实，却有着充足的甜度和酸度。果肉虽薄，却不乏情感上的厚度。我和妻子天天从这树上摘下一些果子送给友人，他们都称赞这樱桃别有风味，很令人回味。这两棵樱桃树，在挂了一茬又一茬果子后，还是变成了两簇枯树枝，变成了两段美好的回忆——我家的院子里曾经有两棵樱桃树。

我家的院子里曾经有两棵树，一棵是玉兰树，另一棵还是玉兰树。那年开春，我家小院里栽了两棵玉兰树，一棵白玉兰，一棵紫玉兰。两棵树的花儿开得都很鲜艳，那花苞像紫色的喇叭，像白色的喇叭，共同呼唤着同一个春天。后来，那白玉兰枯死了，春风再也唤不醒它沉睡的枝干。那紫玉兰又开花了，只是那满枝头的花朵，都写着两个字——孤单。望着那干枯的玉兰树，我想到了离开人世的母亲。母亲生前并不知道儿子会有这么一个小院，当然也不可能来过这个小院。果然是好花不常开，好人不常在吗？母亲在那个秋天，就那么匆匆地走了，告别了属于她的最后一个春天和秋天。母亲丢下了父亲，父亲后来就常常生活在那个小院。那院子里剩下的紫玉兰像父亲吗？孤独，从此就把父亲陪伴。一杯老酒，折射着夕阳的余晖，父母啊，可在互相牵挂和怀念？人生最不可弥补的损失，就是枯死的枝头不会再吐艳。白头到老的话谁都会说，世上却没有几对同生共死的伴侣。

那曾经盛开的白玉兰，那依然在风雨中摇曳的紫玉兰……紫玉兰今天还开着紫幽幽的花朵，给人一种紫气东来的感觉。而老父亲却已经永远地离开了人间。山中常见千年树，世上少见百岁人。就连那紫玉兰的花朵，也发出了人生短暂的感叹。

我家的院子里有两棵树，一棵是丁香树，另一棵还是丁香树。这两棵丁香树，一棵是紫丁香，一棵是白丁香。每年的暮春时节，两棵丁香树都会开出浓郁、馥郁的丁香花。那花儿一开，主人推门进来，满鼻都是花香；推门出去，又能把花香带到很远。可后来那棵白丁香再也不开花了，它默默地就干枯了。紫丁香一直枝繁叶茂，年年捧出一树的花朵，释放满院的花香。但愿这紫丁香，永远摇曳着春光。它伴随我走出小巷，走进小巷。它带着露珠和月色的花朵啊，让我少了几分惆怅，又多了几分惆怅。呼吸着带丁香花味的空气，我写下了那么多的诗行。

我家的院子里曾经有两棵树，一棵是香椿树，另一棵还是香椿树。那香椿树站立在墙头，年年奉献出一个香喷喷的春天。那红艳艳的香椿芽，是最香嫩、鲜嫩的美食——香椿芽炸鱼，香椿芽炒鸡蛋，香椿芽拌面……这么小的香椿芽，长在那么高的树上，就成了点燃春天的火把，召唤春天的旗帜。看着是一道风景，吃着是一道美食。离开香椿芽的日子，滋味就寡淡了。不，有香椿树长在那里，生活的滋味会变得愈发浓厚。

我家的院外有两棵树，一棵是槐树，另一棵还是槐树。俗话说：门前两棵槐，又招宝又招财。那年开春，我把两棵槐树苗扛到了大门外，精心地栽培。转眼之间，这两棵槐树枝繁叶茂，浓荫匝地了。对于我，这槐树上的每一片叶子都是诗，都是画，可妻子似乎并不知道那浓荫的珍贵。她总觉得那茂密的树冠应该不那么疯长，那么霸道，应该修理一下为好。于是那年秋天，她便花钱雇人把那两棵槐树的浓密“头发”，狠狠地削去了一部分。那斧子、那锯子，都是树的克星，那树一时间也变得可怜巴巴的了。但来年的来年，这树冠又变得枝繁叶茂了，像两把巨大的扇子，像两团墨绿色的云彩，守候在大门外。去年秋天，前院的邻居盖房，说是这树冠影响施工，于是我们又自己花钱雇人，对这两棵槐树进行了“宰割”。这一下，可把这两棵树修理得太苦了。赤条条的，连只鸟儿都藏不住了。我坚信，来年开春，这树还会枝繁叶茂的，还会吐出两棚新绿，还会亮出两幅画，浓墨重彩，还会亮出两首诗，情感饱满。

我家的院子里有一棵树，一棵是海棠树，另一棵还是海棠树，其实就是一棵树。这海棠树春天会开出粉色的花朵，那无疑是最美的春色。这海棠树秋天会结出很少的果儿，是那种淡黄色的海棠果。那年，我和孙子在树下玩耍，我摘下几个海棠果给孙子吃，他没有吃，他说怕酸……我说：不吃，你怎么知道这海棠果酸？即使酸，酸中也带着甜。于是孙子便拿起一个海棠果，舔了舔。我问孙子：“什么滋味？”孙子说：“爷爷，那您也吃一个，尝尝啊？”

那一刻，我像是要醉了。这海棠果此刻不是食物，海棠树也不是树，这是一道风景，一道爷爷和孙子永远都看不够的、难忘的风景……

红了山丹

在我的家乡，山丹花实在是一种普普通通的花。沟底、崖畔、山坡、田间……到处都有她们的影子。

山丹花是红火又热烈的。山村的夏天是山丹给染红的。没有她们，山野只有茫茫的绿色；而她们的绽开，则给万绿丛中添了点点青春的火花。

一入六月，山丹便星星点点地开放了。远看，像跳跃在绿草地上闪闪烁烁的火苗；近看，则像一只只活泼精巧的小红灯笼。六角花瓣，自然地卷曲着，茎秆是碧绿的，细叶也是碧绿的，花蕊可是极为鲜红的。大蝴蝶在花间飞舞，雪白的翅膀蹭到花蕊，染得绯红。淘气的孩子们也时常用花蕊染红自己的脸蛋儿。至于劳作在山里的男男女女，也少不了开个玩笑，互相之间往脸上抹一把红，以招来串串的笑声，驱走寂寞与疲劳。

山丹花本是到处可见的，可山民们还是嫌不够，每当夏日干活归来，小伙子、大姑娘总要在路旁采上一把把山丹花，到了家，把花插入盛水的瓶子里，放到窗台上，边吃饭边欣赏。夕阳与山花辉映，仿佛在宣告着农家日子的好光景。

山丹的情感是热烈的，生命力也是极顽强的。无论环境好坏，她们在哪里都能够扎根开花。荒芜的草地上，有她们的笑脸；陡峭的山崖间，有她们摇曳的英姿。她们像山姑娘，在哪里都充满欢笑；又像山小伙儿，在哪里都贡献着芬芳。她们伴着种田人、放牧人、砍山人共度时光。可以说，凡有山民的地方，都有山丹的清香。

山丹的根酷似一瓣大蒜。这“蒜疙瘩”一旦扎在哪里，就再也不离去，只随着时光的推移，一年年长大，又一年年拱出地面，长叶开花。这“蒜疙瘩”经盛夏不烂，历严冬不死！她们随春风发芽、生根、长茎叶、开花。望着山丹花，我总像望着我的乡亲们。我的乡亲们和山丹一样，用火一样的性格，火一样的丹心，火一样的情爱，打扮着生养他们的地方！是的，山里的条件也许没山外好——可山民们不论条件好坏，都能够乐观地面对生活，含笑原野。

山丹的更可贵之处，就是不空度岁月。她们多长一岁，就多开一枝花。花瓣落了，便结出沉甸甸的果实。我曾经见过一棵开了七十枝花的“老寿星”，红灯笼般的花朵挂在青枝绿叶中，把草地映红了，把我的脸映红了。我陶醉在花前，却又舍不得采下一枝。我愿她日夜点缀着青草坪。

啊，我的山丹，年年岁岁添新花，岁岁年年展芳华。难怪山民说：“山丹一年也不白过。”我的乡亲们，不也和山丹一样地追求着向上的丹心吗！他们年年都用自己的汗水浇灌着春花秋果；他们做梦都盼着日子一年比一年更红火！我这个山的儿子，多愿年年都有成功的花朵呀！

又一个夏日来临了。那山丹花又该闪耀在家乡的坡坡岭岭了吧……

母亲把秋天留下走了

二十年前，母亲把秋天留下走了。一生勤劳的母亲，再也不能分享又一季秋色，再也不能收割又一茬庄稼。谷穗弯着腰向母亲默哀，向母亲致敬的是一个个玉米娃娃。那白色的野菊和金色的野菊，化作层层叠叠的金币银币，献给一生奔波的母亲。

母亲把秋天留下走了。几乎是睁眼瞎的母亲，临走却得到了秋天这一首最美的诗，这一幅最美的画。一生质朴无华的母亲，得到了秋天的盛装，得到了秋天的饕餮盛宴；就连花鸟鱼虫，也变得肥美肥大。

那是母亲的最后一个秋天。冷艳的野菊花开满山岗，山杏叶像一簇簇火把，点亮了母亲生活了六十余载的那个山村，那些山旮旯。母亲带领人们修的梯田里，还长着不少的五谷杂粮，可母亲再也不能收获了。

母亲生前最爱秋天，却在那个秋天走了。母亲没等到我回到她身边，就在病魔的折磨下去了。如果母亲在天有灵，就原谅儿子吧！母亲离开人间的那天，我在老舍茶馆里开一个发奖会，但我没有想到，那过于单薄的奖金只化作一个花篮，成了儿子送给母亲的最后礼物。名叫韩庆雨的母亲，生前最喜欢风调雨顺；我赶回老家奔丧的那天，太行山里晴晴雨雨，一会儿秋雨唰唰，一会儿又是半天灿烂的晚霞——那是母亲留给儿子的最后的回光返照吗？

母亲在那个秋天走了。脚下的山路是母亲修的山路，母亲再也不会在村头等着儿子回家了。母亲走得其实并不匆忙，母亲度过的最后一个春节，她那粗壮的手，拿一根韭菜都在颤抖；无力拿起韭菜叶的母亲，再也不能把饺子下到锅里捞在盘子里，香满那个热腾腾的家；母亲再也不能把炊烟升起在房上，再也不能把干柴备在屋檐下。

母亲在那个秋天走了。秋天的故事却在儿子心头过电影，像诗也像画，有酸甜也有苦辣。秋天是最好的季节，秋天是母亲最期待的；母亲不是诗人不是画家，但哪一个秋天都是她亲手描绘的诗画。而今，母亲再也不能收获秋天，分享秋天了；秋天的果实，不再属于母亲，哪怕是一把红酸枣，一串红山楂，一串红姑娘，一朵喇叭花……

母亲再也不能去割谷子了。当年那沉甸甸金灿灿的谷穗，从田野里到场院里，母亲的镰刀和簸箕，忙碌得分不清星光和朝霞。那旋转的碌碡，那旋转的碾子；那伴着晨曦的小米，在炊烟里变成了早餐，香飘山里人家；新粮食的味道，让鸟儿也变得歌声不断，叽叽喳喳。如今，母亲再也不能把一篓篓玉米背回家，再也不能把玉米粒变成面粉，把一碗碗饸饹条捞出来，拌着绿芫荽和红辣椒，让一家人品尝丰收的喜悦；母亲再也不能把圆溜溜的土豆变成一张张煎饼，香喷喷塞满一家人的两颊；母亲再也不能把黄豆变成雪白的豆腐，在雪花飘飘的年节煎炒烹炸；母亲再也不能把红豆变成豆粥，再也不能把绿豆变成豆芽；母亲再也不能把荞麦变成凉粉，把莜面变成窝窝和饺子，把黍子变成金黄的年糕，让一村人都黏倒了牙……

母亲怎么那么快就走了？篱笆上还挂着豆角，玉米地里还躺着、蹲着、吊着、卧着、站着、趴着、盘着南瓜。记得多少顿晚饭，都是蒸土豆白薯，菜是母亲用蒜泥拌的豆角，不管日子苦和甜，有了母亲，就有吃的有家。而今，母亲再也不能把葫芦干和南瓜干在六道木棍上悬挂；母亲曾经把她收获的果实晒成果干，连同核桃大枣甜杏核，给远方的儿女留着……

母亲在那个秋天走了。磨盘瓜里蕴藏的种子，来年春天不会再被母亲种到地里，再次种瓜得瓜。生前她那么爱啃老玉米，又一茬的老玉米却不属于她；她那么喜欢红高粱，来年再看不见高粱举起的火把。山杏叶不是母亲眼前的诗画，是牲畜的压缩饼干、绿色饲料；鸡的饲料也不仅仅是昆虫、蚂蚱；母亲一生用树叶和草叶喂养了多少猪羊，多少鸡鸭！每一分零花钱，都是母亲一颗汗珠摔八瓣换来的。

母亲一生养育了四个儿女，谁知道他们吃了多少五谷杂粮，穿坏了多少衣服鞋袜？母亲用她的奶水、汗水甚至血水，喂养儿女长大。母亲当了近二十年的村干部，那么多人的衣食住行，她把心都操碎了。母亲刚六十四岁，就熬成了一株枯萎的野菊花。花抱枝头死，母亲还有多少牵挂？

母亲留下秋天走了。那么多的粮食，她一颗也不带走，全部留下；那么多的种子，她也没有带走，都给儿女们留下。她不会再看到又一个白雪皑皑的冬天，又一个明媚的春，又一个浓绿的夏。母亲留下了半天星斗，半天朝霞；母亲留下了山林百万株，梯田上千挂；还有几声蝈蝈叫，几串豆角叫龙王爪；还有她没看够的高山，她没走完的山路，她放心不下的家；就连她栽种的野玫瑰，红亮的果实也舍不得她……

母亲留下秋天走了。她走得出儿女的心头吗？满山举起山花野草，野草春风吹又生，母亲一去不回头，只把秋天给我们留下……不，母亲还留下了太多的种子，让我们播种春天，播种夏天，让沉甸甸的果实结满一树又一树，一茬又一茬……

父亲把春天留下走了

惊蛰。敬老院。黄昏。晚霞。晚餐。一个花卷没吃完，半杯烧酒没喝完，父亲忽然就把春天留下，没有留下半句话，就那么猝然长逝。父亲虽然走近了一个不好过的门槛，将近八十四岁，但他走之前却没有任何征兆，因为头天他还在光荣院唱着老歌：二月里来好春光，家家户户种田忙……父亲没有思想准备，儿女们更没有心理准备。那个惊蛰，父亲给儿女们留下了惊天动地的惊吓。

种地是父亲一生的最爱。六十年代，他放弃了当工人的铁饭碗，回到老家，开始了他漫长的庄户生涯。

除夕夜，父亲用崖柏点燃旺火，指望着来年的日子像火苗一样红红火火，指望着那崖柏冒出的袅袅香烟能够感动上天，为穷苦的人们降下好风好雨好年头，也梦想着财神爷给降下银元宝。父亲劳累了一年，除夕夜总要熬年，直到花炮点燃大年初一的第一抹朝霞。锅里的饺子翻滚着，父亲就开始盘算新一年的柴米油盐……破五的饺子吃过了，十五的元宵吃过了。一年里最好的日子过去了。平日里吃不到的大鱼大肉、炸糕馒头、豆腐豆芽粉条丸子馅饼……就等着来年再吃吧，从此就干活儿吧。锄耙锨镐是父亲的诗笔，他在描绘春天最美的图画。

初春，残雪渐渐融化，田间地头最抢先冒出的是苦麻花，父亲便背着沉重的农家肥，往七沟八梁送。即使轻飘飘的蝴蝶追着父亲，父亲沉重的劳作还是胜过牛马。

二月二，龙抬头，是父亲最在意的一个节日。于早晨推去顶了一个正月的黑发，吃过两碗压饸饹，耕耘的日子就开始了。点燃一堆堆篝火，把枯枝败叶烧成灰，地更肥了。父亲扶着犁杖，赶着牛，吽吽，吽吽，是犁铧翻起黑黝黝潮乎乎的土浪，还是土浪伴着银光闪闪的犁铧？

杏花落在垄眼里——这是父亲最爱说的一句话。父亲扶着耧耩地，摇得耧铃叮咚、叮咚，伴着布谷鸟的叫声，金黄的谷粒噼里啪啦，落进了垄眼，落进垄眼的还有一片又一片胜似雪花的杏花。诗人写诗盼着发表，父亲播种盼着发芽。父亲用深鞠躬的姿势，书写着他对土地的情话。他的眼里没有含着泪水，他只顾把深沉的爱和用汗珠与心血浸泡的种子往梯田里播撒。父亲从早到晚，顶着星星出门，顶着月亮回家。春争日啊，春光一刻也不能随意挥洒。

春天万物复苏，生活的滋味也就多了酸甜苦辣。挖一把小蒜当菜，小米饭吃得香甜；拔一捆山葱打卤，即便掺了榆皮面的面条，香味也溢满全家。玉米面贴饼子就香椿芽、咸菜疙瘩，父亲吃得香甜无比，吃完总要唱上几句歌：社员都是向阳花……瓜儿连着藤，藤儿连着瓜……

三月三，种葫芦挂一千。父亲总要在那天种上葫芦，还有南瓜；还要把菜园种得严严实实，茄子芹菜西红柿韭菜黄瓜小葱小白菜豆角蔓菁疙瘩苤蓝疙瘩……名叫春不老的蔬菜，让日子也充满春的味道；六道木筷子夹着、粗瓷碗盛着品不够的淡饭粗茶。那一道荆篱笆关着花枝招展的春，关着青翠欲滴的夏……父亲的菜园，是世界上最美的诗画。

而今，父亲却把春天留下走了。父亲走了，他再也不会种一茬庄稼，再也看不到又一茬禾苗发芽。父亲曾经是个播种春天的人，在斑鸠和黄鹂的叫声里，他的身影总是那么匆匆忙忙，一刻也不停下。记得当年，父亲在山坡上放羊，我在小河沟里摸鱼捞虾；父亲上树割杨树叶、摘榆钱、打桑葚，我寻找着鸟的影子，看鸟儿又在哪个树上把窝搭。

当年从春天开始，父亲便张罗着孵小鸡、捉猪娃，一家人的营养和零花钱，过年要过一个肥年，农家怎么能离得开猪羊鸡鸭？父亲赶着肥猪在山路上行走的情景，是一道抹不掉的风景，那牧歌和父亲的歌声现在还萦绕在儿子的心头，回荡在那青山、那天涯。

桃三杏四梨五年，枣树当年就还钱——当年父亲嫁接了多少果树啊？嫁接果树的父亲，把满山的果树捧在了蓝天白云下。父亲曾挑来一桶桶清水，把一棵棵白薯苗栽下；土豆早就一切两瓣，埋在肥沃的山地里，就等着开花结果了。

立夏山头青，小满叶儿圆。那年没等到立夏，父亲就把春天留下走了。丁香花要开了，他再也不能采一茬丁香茶；黄芩花开了，他再也不能去采黄芩茶；野玫瑰开了，他再也不能去采玫瑰花。当年有那么多人来客往，买不起茶叶，父亲就敬上一杯自己制作的香喷喷的山茶。

父亲把春天留下走了。山串还在山坡鸣叫，父亲还能听到吗？喜鹊还在杏树上喳喳叫唤，父亲还能盼着儿女回家吗？

父亲把春天留下走了。父亲难道不再留恋那个春天吗？也许他还想再走进梯田，播种又一茬庄稼；也许他还想走向青山，把又一茬羊羔放牧在他熟悉的每一面山坡、每一道山洼……也许他还想掰下红红的木兰芽和香椿芽，再吃一顿香椿摊鸡蛋；再把春天的韭菜割两把，让香喷喷的饺子香满全家。

父亲把春天留下走了。父亲留下的没有播完的种子，儿孙们会接着播种，一茬又一茬；父亲留下了永远的春天，父亲留下的春天，才是不朽的诗画。

那山那人那片情

外甥对舅几多情，红花绿鸟黄蜻蜓。

——童年的歌谣

大自然也许知道小舅爱花，所以当他踏着清明的脚步驾鹤西去时，京西的山坡上正春花烂漫；我也知道小舅爱花，因此在那个欲断魂的早晨，我采下院子里前夜才绽放的鲜花，去那个人人都不爱去的八宝山公墓给小舅送行。那院中的樱桃花和玉兰花恰在此时开放——也许小舅再也看不到我给他送的花了，但花儿却能寄托哀思，传递真情。对小舅的悼念之情，实在不该来得这么早啊。几个月前的除夕夜，我还在电话里和他说了许多话；几天前，听说他还抱着我给他刻在铜牌上的诗，念叨着远在云南采风的我。自云南回来后，我总想着去看他，可又不愿面对他被病魔折磨的面容；我总想，待他出院以后，再去看他吧。哪承想，小舅没等我到他病榻前，就离开了人世——我没能见到他生前的最后一面，这自然给我留下了终生的遗憾，以至随后的几个月里，小舅的影子总是浮现在我的脑海里，哪怕是见了一花一草，一朵云彩一只鸟，我都会联想到小舅的音容笑貌——我们之间那份亲情和乡情，就像一枝花儿、一只鸟儿，在我的心头摇曳着、绽开着，萦绕着、飞翔着，那花儿和鸟儿都含着、衔着我对小舅深深的思念之情。

小舅是个平凡的人。儿时，在我的心目中，小舅可是个了不起的人物啊。小舅 16 岁时从故乡的小山沟里走向北京这座大城市，直到 66 岁又魂归京西的山野——这段生涯恰恰是 50 年，半个世纪。小舅应该算个苦孩子，5 岁丧父，后又遇恶狼，险些身亡；又赶上日本鬼子进村烧、杀、抢，姥姥家的房子都被烧光了，两群羊都被赶走了。当时简直没了活路啊。但小舅又算是那个时代或那方土地上的幸运儿，他高小毕业就考入了北京国际邮电局，照他歌里唱的，是“从草原来到天安门广场”。建毛主席纪念堂前，他的工作单位就在前门楼子一侧。小舅开着小车，为大使馆送了几十年邮件，他还会说多国外语呢；好多老外也会叫我小舅小韩、韩庆山。小舅去世后，外国友人为他送了花圈和鲜花。这是因为小舅生前曾经临时奉命运送一大轿车外国客人，不料途中突遇险情，他凭着机智和勇敢，在千钧一发之际，不顾自己的安危，保住了几十名外宾的生命。外国友人称他是好样的，为他送去了鲜花。小舅在他 40 多年的工作历程中，得到了无数朵先进工作者的鲜花。而今他去了，人们给他送去了似乎比生前还多的鲜花，那朵朵鲜花包含着的是对他这个大山的儿子的一片怀念之情；而我这个晚辈送去的一束小花，却带着一缕缕挥之不去的亲情。要说给小舅送花最多的，还得说是京西的大山哪——那恰在此时开放的山花，不就是献给小舅的一个个巨大花篮吗？回望今日的花山，我的眼前不禁浮现出小时候和小舅一起登山的情景。

小舅爱山。每每回到家乡，我总跟着小舅满山的转。春天里，那山桃花、山杏花、山樱花，顶着亮晶晶的露珠，或是披着金灿灿的阳光，把我和小舅带入如云似霞的花海里；秋天里，山上的叶子变红变黄了，色彩斑斓的，把我和小舅带进一个层林尽染的童话世界。记得小舅给我买过一个望远镜，我就拿着那望远镜，往山头上一站，看山，忽悠一下，忽悠一下，远远的山就扑到我面前来了，吓得我一激灵一激灵的。小舅就指着那一座座远山近岭，说那红金坨像天坛，黄草梁则像天安门城楼，那六月还披着白雪的灵山有点像北海的白塔……那一刻也真是相看两不厌，只有故乡山。

故乡的山多，山花自然就多。故乡的名山之一，就是百花山，那花能不多吗？说来，我和小舅的感情就像京西密密匝匝的山花，透着深厚和真诚。小舅在国际邮电局工作，平时很少回家。儿时我的最大盼头就是他的身影出现在故乡的怀抱中。由于我和姥姥同住一村，所以他一回家休假，我总是和他形影不离的。母亲总爱说，外甥随舅。说我不但长得浓眉大眼高鼻梁，细高个儿，像小舅；性格也有随小舅的地方。儿时小舅回家的日子，就是我过节的日子——这当然是沾了小舅的光，吃到平时很少吃的母亲做的炸年糕、油炸鬼、香椿炸鱼……更重要的，还是能跟小舅一起玩。每当小舅回来，我就像他的尾巴和影子一样跟着他。他去井泉挑水，我总是尾随在他身后，蹦蹦跳跳，踩着他的脚印走；他上山，我就拉着他的手，我们一起采蘑菇、摘红杏，在大山里干了许多有趣的事情。小舅还趴在老家的土炕上，帮我抄过诗稿呢。可我们总是聚少离多，平时我是见不到小舅的。听着山那边的火车响，或是干脆爬到山头上，去看远方的火车，我总巴望着小舅乘车归来。我知道小舅回来准会给我带玩具和礼物的，我这个山里的孩子自然也想知道山外的事情。13 岁以前没进过北京城的我，是从小舅那里知道北京的，也对北京产生了更多的向往、憧憬、幻想……小舅是从天安门广场回来的人啊，他当然了解北京了。为了让我了解北京，小舅给我买过不少画片，动物园的动物，园林建筑……画片上都有。小舅从北京城里给我带回礼物，我自然也要给他预备一份见面的礼物了。我的礼物只能根据小舅的爱好，取自大山里。

我知道小舅爱花。记得我们曾在山坡上采了一朵含苞待放的蓝色桔梗花，两手合掌，啪地一拍，将花击碎的情景和声音才叫过瘾哪。我们还用秃疮子花（也叫笛子花）做口哨，吹个没完。至于捉山丹花蕊染红翅膀的白蝴蝶，用荆花粘蝈蝈，就更有意思了。可那种时候很少，平时都是我一个人在花鸟鱼虫中，期待着小舅归来。

故乡的野花可多了，什么丁香花、玫瑰花、野菊花、金莲花、银莲花、翠雀、银露梅、野罂粟、红景天、蓝盆花、碟子花（石竹）、白头翁、胭脂花、报春花、卷丹、美蔷薇、迎红杜鹃、照山白、点地梅、曼陀罗……无论什么花开了，我都要上山去，拣好的采一大把，回家后泡到瓶子里，摆到柜子上，等小舅归来，也好让他看哪——可那花往往都泡蔫了，小舅也没回来。于是，那金色的南瓜花，银色的葫芦花，墙头那边的麻花，荆篱笆这边的牵牛花……都像一只只有声有色的喇叭，仿佛在呼唤小舅回家。

知道小舅爱吃野果子，我就把摘来的果子收藏在篮子里，什么桑葚、山草莓、山杏、山桃、山梨、山枣、山葡萄……给他留着——可果子往往都烂掉了，小舅还是没回来。于是，我和姥姥便在杏秋和桃秋里，借着阳光，借着月光，借着阵阵的小山风，为小舅晾晒杏干儿和桃干儿——那窗户棂上，荆笆上，笸箩里，石板上，都晾满了用手掰开的、汪着半碗蜜汁的杏碗儿和桃碗儿。

知道小舅喜欢蝈蝈，我就和姥姥编了许多蝈蝈笼，逮了许多蝈蝈，放在笼中养着——小舅家阳台上的蝈蝈叫声，是我带去的呀。

知道小舅爱鱼，我就在泉水里摸来草籽鱼，放入罐头瓶，也好让小舅回来带到北京去——可往往是那鱼都被养死了，小舅也顾不得回来。那时我一个人望着溪水中的鱼儿，真想化作一条小鱼，游到北京去。

小舅特别爱鸟，我也特别爱鸟。我的童年是在鸟儿的花翅膀下和动听的鸟语里度过的。我多么希望小舅能和我一同分享那鸟儿的飞翔、鸟儿的歌唱啊。我在山坡上掏几个鸟蛋，也要给小舅留着、攒着。有一年，我攒了得有一百来个鸟蛋，一纸盒子呀，大大小小，五颜六色的，好多鸟蛋的花纹真是美丽极了，晶莹剔透的。山串蛋，绿得迷人；黄鹂蛋，粉嘟嘟的，诱人；鸡毛洞蛋，小的像玉米粒，密密麻麻的一窝，多的数不过来；老雕蛋偶尔能掏一两个，那比拳头大的雕蛋，听说还能治半身不遂病哪。可这些鸟蛋往往都搁臭了，小舅也未能回来。有时我真是觉得，我这个多情的孩子，对得起小舅，却对不起小鸟。

一次小舅回家，我用他给的奶糖和小伙伴换了一只俗名叫水箐梁子的小鸟，这鸟黄中带黑色斑纹，爱摇尾巴，叫得也好听。为了这只鸟，小伙伴的哥哥差点打了我，说是我的一把花奶糖不值他们的一只花鸟。可为了小舅，我觉得挨打也值得。

又一次，我用小舅给我买的一只陶瓷鸟换了一只小鹞子。我本来也很喜欢那只鹞子，可赶上小舅回家，我就把鹞子送给了他。临走时，我提着鹞笼子，往火车站送小舅。一路上老下雨，我们在路边的山洞里避了几回雨。狐夹还夹住了我的脚，小舅帮着拔了出来。那天当小舅提着鸟笼子上车时，我哭了，我是多么不愿那车带着小舅和鹞子远去呀。那会儿，小舅从车上把他头上戴着的帽子扔了下来，让我接着，当时我发现小舅哭了——那一年，13 岁的我，不管天多么热，总是戴着一顶邮递员的帽子，总有一种自豪感，逢人总爱说，这是我小舅给我的帽子。说我珍惜那顶帽子，不如说我更珍惜那份情感。是的，我觉得那帽子里包含着两代人同样的情感。

说到情感，小舅还真是个重感情的人。无论是同事还是同乡，他总是怀着淳朴的情感对待他们。记得那个时候，他一回到老家，就和乡亲们打成一片，和乡亲们到地里干活儿，带着两个表妹去山野里体验农民的生活，和乡亲们一同参加社员会。有时候，乡亲们说让他给唱首歌，他就站起来唱，那歌声真是优美而宽厚哪。有一年大旱，总也不下雨，人们就抱着水葫芦，拉着上供的山羊，到龙王庙去求雨。小舅入乡随俗，也虔诚地和乡亲们跪在龙王爷前，向苍天祈雨。赶巧了，那天还真下了一场透雨。我和小舅提着分得的羊肉，高兴地赶回家去。小舅回到故乡，走时乡亲们总要给他带点土产。他为了回报乡亲们，往往用他的相机给乡亲们照几张相。而乡亲们进城办事或看病，也往往去找他。他总是热心地帮助乡亲们，想法给乡亲们安排好吃住，还带乡亲们看电影、逛公园。乡亲们总是对他念念不忘。至于对我姥姥，他总是牵挂在心。每次回老家，他都要给姥姥买一堆好吃的。小舅给姥姥买得最多的是大红橘子。姥姥喘，总爱用橘子瓣压咳嗽。有一次，我姥姥在他那里住的时间长了，他为了让姥姥吃好喝好，就偷偷把家中最高档的物品——呢子大衣和照相机拿出去卖了，以换回钱来改善生活。

小舅是个重感情的人。我更是个多情的人。或许因为我的情感太重，少年时我就胡乱写开了诗歌。当小舅发现我的诗上了《北京文学》后，便从邮局买了两本，给我寄回老家。当他在晚报上看到我的诗文时，总是高兴地和同事们夸我，或感动得流泪。每次小舅写信，总让我到他家去。可因为小舅家住房紧张，我一去，他就把我安排在床上睡觉，而他自己却要在地板上凑合。尽管如此，小舅家我也没少去。但我更希望小舅多回老家来。不过因为工作忙，小舅回家的次数越来越少。我始终挂念着他，望着春夏秋冬的景象，盼着他再与我谈论诗文和成材之道。那时打电话不方便，我就给小舅写信，有时在信中夹几根鸟毛，或是几粒花籽，几片故乡的黄栌叶。

后来我也离开了故乡，但没有离开农家院。在我的农家院里，我似乎还像儿时那样，盼着小舅回来。哪怕是院中的花开了，“姑娘”红了，也盼着小舅看看。我的院子里没有了山花野草、蝈蝈和鹞鹰，但有我和妻子种的蔬菜，树上有樱桃和石榴之类的果实。我总会想法抽出一些时间，给小舅送去院中的土产，哪怕是几个鹅蛋和几个丫丫葫芦。那时小舅特别高兴，总要先洗上一根黄瓜吃，然后拍拍南瓜，摸摸苏子叶的，说茄子和西红柿像艺术品一样，好看，更是绿色食品。我想着小舅，小舅也想着我。去年中秋节，小舅特意打来电话，说表妹给他拿去了许多月饼，他和舅妈吃不了，让我去拿一些。于是我就去了。由于小舅有言在先，不让给他带东西，所以我只带了一些园子里的秋菜，包括几朵碗口大的红的和粉的西番莲花。小舅见了我挺高兴，特别是看了我新近出的书，直夸不简单、不容易。临走前他跟我说，他连送我下楼的力气都没有了，只能在家里读我的书了。当时我回望着愈加憔悴的小舅的面容，怎么也没有想到，他会在几个月后就离开这个世界。

今年开春，妻子买了多样菜籽，我们把园子平整得跟一首诗、一幅画似的，寻思多种一些菜，也好给小舅送去。然而，小舅却于清明的前几天病故了。此时，我家院子里的樱桃花和玉兰花正开得白花花、粉嘟嘟的。那天早上，我把一枝枝花和一朵朵花剪下来，带着这些花，去八宝山公墓给小舅送行。在春花烂漫的季节里，在花山花海的瞻仰厅里，我带去的花并不显眼，可那花却寄托着一个晚辈对前辈的无限情思。

小舅去了。他的魂灵又回归到京西的大山深处。小舅不是名人，更不是伟人，然而他死后，那么多的人和那么多山，给他送去了那么多的鲜花，永不凋谢的鲜花。站在小舅的墓碑前，我总觉得小舅这个名为庆山的人是不应该这么早倒下的。当初只信青山处处埋忠骨，而今才知黄土无情埋青山。我将从京东带到京西的鲜花摆到小舅的墓碑前，抖落一片片芳香四溢和雪花般洁白的花瓣……仰望京西的连绵群山，此时那山杏花和山桃花正开得如云霞一般，那花丛中果然少了一个赏花人吗？能说那花儿是为小舅开的吗？此时小舅会在丛中笑吗？在那花的海洋里，我仿佛看到小舅化作一只鸿雁，又展开翅膀，给人们送信去了。本想吟诵一首献给小舅的诗篇，泪水先模糊了我的视线……

山花白云千年在，亲情乡情万古留。

绿叶花瓣烫咸粥

每每在饭店吃饭，服务员都会端上一碗疙瘩汤。我总是把这碗疙瘩汤让给别人，倒也不是自己风格高，而是对那一碗黏糊糊的面糊糊或面疙瘩没有什么食欲。我倒是常常会想起一种类似于疙瘩汤的小吃，老家人管那叫烫咸粥。想来，那充满京西风味的烫咸粥，我已经有几十年没吃过了，只能时时回味。

我刚学会吃饭时，恰好是“大跃进”的年代，那时爷爷是村食堂的火头军，姥姥是幼儿园的孩子王，记忆里吃食还是蛮充足的。渐渐地，就走入一段缺粮缺吃的岁月了，但那时我也没有挨过饿；没挨过饿是因为有我姥姥，有姥姥的烫咸粥填充我的肚肠，我便得到了还算充足的营养。那时我大尾巴似的，总跟着姥姥；姥姥这个小脚老太太，有着一双能干的、灵巧的大手，更有着一副菩萨般的慈善心肠。姥姥总怕我的肚子亏着，但那年头谁家的粮食也不是那么富余，所以姥姥就变着法地让我这个“外甥狗”能吃饱。有了什么好东西，姥姥自然要先给我吃；记忆里，我吃得最多的姥姥做的饭，还得算烫咸粥。姥姥做的烫咸粥，无论当时吃着，还是现在想着，都感觉那是天底下最香的美味佳肴了。

姥姥做的烫咸粥，材料很随意，似乎都是顺手拈来的，主料不过是一碗剩粥剩饭，小米饭、小米粥、玉米粥都可以，其次是面疙瘩，还不一定是白面疙瘩，多一半是玉米面拌成的面疙瘩。把水烧开，把饭打进去，弄点棒子面那么一摇，就摇成了面疙瘩，随之就倒进沸腾的锅里了。画龙点睛之笔在后头，就看你搁什么菜了。擦点土豆丝，擦点胡萝卜丝，丢点萝卜缨、小白菜，这东西都不新鲜。“新鲜”在一个野味上。姥姥最善于用花瓣和绿叶烫咸粥。那花也好，叶也好，来之似乎很轻易，就是顺手牵羊的结果。老家出门就是山，山地里是不缺乏野花野草的，从开春到入冬，四处都可以采到花瓣和绿叶。这花瓣和绿叶就是烫咸粥的辅料。想来，姥姥做的烫咸粥，主料往往是一样的，辅料却花样繁多，很少有重复的。靠山吃山，那山里的每一种野菜和野花，似乎随时都可能跑到烫咸粥的锅里去。我和姥姥出去玩，回家的路上，姥姥就伸手抓挠几把野花或野菜，并对我说，回去给你烫咸粥吃，外甥狗。

刚开春的时候，那山坡上开得最盛的花，就是“年年挂啦”花了。这花的学名至今我也没弄明白，但这“年年挂啦”花却是故乡一道最耀眼的风景了。这花浑身都是宝，它的茎秆儿用斧子一砸，就是故乡人用的所谓火把亮，引火用的；它的花开得密密麻麻、金光灿烂的，那花摘下来可以直接吃，甜味香味俱全。这花还是烫咸粥的最好原料。每当初春，我和姥姥摘来成篮子的“年年挂啦”花，烫咸粥的时候撒上几把，那粥就金灿灿的，透着格外的清香，吃几碗都不饱。还有一种花，山丹花，也是可以入粥的。把咸粥烫好了，再把洗净的山丹花瓣撒到粥浮头，红艳艳的山丹花瓣掺和在粥里，就让人食欲大振了。还有一种花，槐花，也是姥姥烫咸粥的材料。那雪白的槐花放进粥里，那粥就洋溢着蜜的香甜。到了夏天和秋天，常用的花就是南瓜花了。我和姥姥把不结南瓜的空花掐回去，洗干净后，待把咸粥烫好了，把南瓜花撇进锅里，稍微一搅和，这粥就可以吃了。那南瓜花不再像喇叭，但依旧是鲜灵灵的，黄得可爱，薄得透明，柔得清爽，吃起来真叫滑溜爽口。如果一边望着正在南瓜花上鸣叫的大绿蝈蝈，一边吃那南瓜花粥，就颇有一番诗意了。至于我淘气，偷偷往粥里丢几朵刺玫瑰、野丁香、菊花什么的，姥姥就会把那花朵用筷子夹出去，说那花香是香，却是异香，胰子味，是不能往粥里搁的。

想想，我得吃过有上百种的花粥。

花瓣粥很香，绿叶绿菜的粥也很爽口。姥姥要是活着，开个烫咸粥店，去喝粥的人恐怕得成千上万。姥姥都离开人世四十余年了，想来她当时不懂得什么养生学、营养学，也未必知道什么叫美食，什么叫绿色食品。可回想起她的烫咸粥来，那绝对是绿色食品。姥姥太知道绿叶对于一个人的重要性了。姥姥用不计其数的咸粥养育了我，哪一碗烫咸粥里没有一片片绿叶呀。山里有太多的绿叶，粥里也有太多的绿叶。老鸹嘴、苦麻花、猪耳朵片、羊耳朵片、马齿苋、人情菜、山蔓菁、扎根菜、木兰芽、杨叶、柳芽、杏叶、椴叶、榆钱儿……都是可以漂浮在烫咸粥里的，都是可以充饥的。如果往那粥里切点小蒜，切点山葱，切点香椿芽、韭菜、苏子叶之类的，那粥就更提味，喷香了。最不可忽视的一笔，那烫咸粥的味道鲜美，杏仁油功不可没。要说这烫咸粥，不能先炝锅，得把粥熬得了，再将一股杏油倒在铁勺子里，搁在火炭上烤热了，再将辣椒或者花椒、蘑菇干之类放进油里，炸透了，然后刺啦往粥锅里一倒，油葫芦漂着，这粥的香味就满屋子弥漫开来了。

在我还差 6 天就 13 岁生日的时候，姥姥永远地离开了人间，她再也不能给我做烫咸粥吃了。但她做的那些烫咸粥，却常常浮现在我眼前，沸腾在我心头；那漂着一片片花瓣、一片片绿叶的烫咸粥里，哪一碗没有隐藏着姥姥的一片心哪？姥姥疼我爱我，但她肯定没想过要得到我的什么回报——就连我给她写的几篇散文，她不但看不到，肯定也不会想到，外孙会用这种方式报答她。

花生情缘

在这个世界上生活了40多个春秋，所吃的饭菜绝对是不计其数的，但记忆最深的却是那顿晚餐——那餐中并无山珍海味、美味佳肴，可却香飘20载而挥之不去。应该说，我是吃百花山下、永定河畔的饭菜长大的，而那顿饭却是在燕山脚下、潮白河畔吃的。

20年前的一个初春，我慕名闯到京郊顺义一个农家姑娘的家里。这个姑娘曾因学雷锋上报，其事迹曾在报上展开过一场激烈的讨论。为此，姑娘收到了各地几百封来信，那雪片般的信件中，也有我的一封；或许因为我们在同一期报纸上发过诗文，她特意给我回了一封长信。正是这两封信的往来，搭建起我与她相识的桥梁。说老实话，那姑娘给我的最初印象，只能说是其貌不扬，但她却显得朴实能干，谈吐不俗，热情善良。尤其令我惊讶和感动的是，在她的一个大本子里，精心地贴着我发表过的几乎所有诗文的剪报。这个剪报本子的确把我与她的距离拉进了。通过这个本子，我知道她早已对我这个业余作者有所崇拜。见了我，她似乎有一种相识恨晚的感觉。都不太善言辞的我们，共同语言渐渐多了起来。与她待了个把小时，我要起身告辞，可她却不让我走，一再热情挽留，说是既来之，则安之。我犹豫了一会儿，也就“遵命”留了下来。

那天晚饭是在她家吃的。硕大的铁锅，旺盛的玉米秸火，滚开的地下水，煮着自产小麦面和白菜猪肉包的饺子。另一口锅中，她在噼哩啪啦地炒花生豆。那花生豆籽粒饱满，成色顺眼，一颗颗大而匀溜的花生豆在锅中蹦来翻去，香味立时扑鼻。听说这花生是她亲手种的。

热腾腾的饺子上桌了，香喷喷的花生豆也上桌了。我就着饺子、花生豆，喝着烧酒，虽有几分难为情，却觉得这饭菜少有的香甜。吃罢饭喝茶水的时候，那盘花生豆又摆到了我面前。晚上，我要去住店，那姑娘硬安排我与她家人共睡在了一条大火炕上。爱失眠的我那宿却睡得暖和而踏实。早点是煎饺子、大米粥，还有一盘花生豆；午饭是一桌子菜，但我印象最深的还是那盘花生豆。吃着那花生豆，我的血热起来，心香起来，对姑娘一家人就感激不尽了。可我再也不能继续在她家吃花生豆了，我执意要走了；姑娘没好再留我，却说这次来没招待好我，以后还希望我到顺义来。临走前，姑娘给我带了一小袋箭杆河大米，还有一小袋花生豆……

后来我才得知，由于当时青黄不接，农村比较贫困落后，且她家经济来源实在有限，手头上几乎没什么零花钱，没有什么好招待我的，姑娘就把她家留的花生种招待了我。当时对她家而言，那花生是最好的吃食了；对我而言，那花生是最好的美味了。饿死不吃种，姑娘却把种子炒给我吃了。后来我就与那姑娘成了一家人，常吃她炒的花生豆了。每当忆及当年吃炒花生种的情景，我的心里总是热乎乎的。有时我问她，你为什么炒花生种给我吃，怎么不留着种啊！她幽默地说，你不也成了一粒种子，在顺义扎根发芽了吗！当初我要不用真心待你，你这个作家也许就不会到顺义这块土地上开花结果了。

那香喷喷圆溜溜红艳艳的花生豆啊，多像京东平原上那父老兄妹的一颗颗心哪！

住在山杏花中的母亲

故乡住满了山杏花，花山那边有我的老家，母亲曾在杏林中走过了多少春秋和冬夏；从少女走成大姑娘，从少妇走成我的妈，走过了那么多风雨，年年盼着那一茬红杏花，杏花是母亲眼中最美的风景，杏花是母亲画的一幅画。

莫道青杏小，那是母亲对丰收的寄托和牵挂；五月端午杏子黄，映红了母亲幸福的脸颊；母亲把杏肉晒成干儿，甜透了多少亲朋好友的嘴巴；母亲把苦杏仁泡甜，让苦生生的日子甜了儿女的牙；母亲把杏皮酿成醋，让生活又多了一份酸甜苦辣；母亲把杏仁熬成油，日子就从年下香到年下；母亲把杏汤熬成粥，填饱了大人和娃娃；母亲用杏核皮烧热了石板炕，暖流就温暖了全家……

故乡住满了山杏花，花山那边曾有我的家；而今山花依旧在，母亲却永远被埋在了杏树下；春天又来了，母亲却再不能看到红杏花；杏子又熟了，母亲不会再把杏干儿晾在屋檐下；杏叶又红了，儿子却再见不到母亲的白发；无论炒菜和炖肉，锅里不会再有母亲熬出的杏油花；无论日子苦和甜，母亲不会再把泡甜的苦杏仁分给你一把我一把；无论炕热和床凉，母亲都不会再把温暖送到儿女家。母亲永远住在了杏林里，杏林永远成了母亲的家，那多情的山杏树，日夜陪伴着我劳累了一生的妈。儿子还不如一棵山杏树啊！无论母亲是否守望在杏树下，远方的儿子却很少回老家，住在杏林里的母亲啊，莫怪儿子还不如一株山杏花，人生就那么几十个春秋和冬夏，儿子不写好人生的每一页，今世和下世更觉愧对妈。

山杏树开出了一片片白色的花，儿子的诗分明也像大白话，即便这大白话的诗啊，母亲也认不得儿子这一行行蜘蛛爬，除非母亲在那边上了扫盲班，或者说已经把老年大学的文凭拿；否则，儿子这满纸诗歌，还不如那一树树山杏花……

黄芩茶

黄芩为多年生草本植物，叶子对生，披针形，开淡紫色花。根黄色，中医入药，有清热、祛湿等作用。知黄芩可入药者，多；晓黄芩可当茶者，少。故乡多黄芩。人们刨其根，卖药材；采其叶，当茶喝，此茶名曰黄芩茶。

黄芩茶的原料其实不仅仅是黄芩。聪明的山里人将山玫瑰、野丁香、山毛尖等几十种山花野草搭配在一起，再放上黄芩的嫩叶和花瓣，用特殊的工艺，做成香味四溢的黄芩茶。

黄芩茶——滋润过革命的茶。

1942 年，一位叫武光的同志（新中国成立前曾任平西地委组织部部长等职，新中国成立后曾任北京市人大常委会副主任），带领 100 多名干部，前往北平和冀东开展工作。路过我的老家时，武光同志不幸得了伤寒，昏迷不醒，但又无药医治。在党组织的安排下，我的二姥爷韩志广把武光同志背进山洞养病。听说，在那极其艰苦的几个月里，二姥爷和二姥姥为武光同志做黄米饭，沏黄芩茶。那黄芩茶可说是起到了不可低估的治病救人的作用，让武光同志早日康复，重返前线。那黄芩茶折射着一段鱼水深情。

听说抗日年代，孙毅将军从我老家路过时，也曾饮过故乡人泡的黄芩茶。爷爷曾经用黄芩茶滋润过八路军伤员的喉咙；大伯在为革命流尽最后一滴鲜血时，多渴望再喝一口黄芩茶……

说到黄芩茶，不禁让我回忆起善良勤劳的妈妈。从60年代初期到70年代末期，我妈一直在村里当干部。那时的村干部，几乎全是付出，而无半点索取。记得当年，总有下乡工作队到我家。我妈总是千方百计地为他们做饭烧菜沏茶。可是，又哪有钱买那么多的茶叶呀！无奈，我父母就精心采制了大量的黄芩茶，幸亏下乡干部、下乡知青、下乡医疗队等客人都喜欢喝那微苦却清爽的黄芩茶。他们走的时候，我妈还给他们带一小包黄芩茶。难忘那一个个夜晚，人们坐在我家的炕头上，嗑着黄金塔（葵花籽），品着黄芩茶，开会、学习、说话……那一杯杯黄芩茶，似乎可以把冰天雪地都融化，似乎能让男女老少都融洽，从而激励他们描绘山乡图画……

黄芩茶苦吗？甜吗？而今，妈妈去了，人们再也喝不到妈妈沏的黄芩茶……但，那山上的黄芩茶呀，依旧长着一对对小巧的绿叶，开着一穗穗芳香的紫花；那金子似的黄芩茶呀，依旧可以入药、泡茶……

黄芩茶——永远让故乡人怀念、牵挂。

1982年秋，我与桂林军分区副司令员、中国作协会员赵清学同志相遇老家。他有着不同凡响的戎马生涯和文学生涯。他的几百万字文学作品中，包含着他对故乡的满腔情话，当我对山清水秀的桂林表示向往时，他则感慨道："桂林山水甲天下。不过，身居再美的地方，也忘不了咱们山里的黄芩茶。"

黄芩茶——它牵动着多少故乡游子的青丝和白发，它饱含着几多酸甜和苦辣……"低头思故乡"，更思黄芩茶。"天涯何处无芳草"，却为何心中总开着一簇黄芩花？……

爷爷与核桃树

遮天盖地的核桃树，你是爷爷高大的身影吗？麻嘟嘟的核桃，你是爷爷那饱经风霜而布满皱纹的脸吗？树叶“沙啦啦”响，那是爷爷在病中呻吟，在与我低语吗？……

核桃树啊，你依然那么年青，而爷爷却于20年前就无声地去了——爷爷再也看不到他的核桃树发芽、长叶、结果。多情的核桃树！你是爷爷的心尖子、命根子，不是吗？你是爷爷忠诚的伴侣，不是吗？几十年风风雨雨，陪伴着爷爷的只有你，那枝繁叶茂的核桃树啊！

爷爷打开窗户，就可望见你的枝干与浓荫。那满目的绿，让爷爷的心头也绿了……当时的我太小，怎么也不明白爷爷在想些什么。听说爷爷5岁时把你种下，用葫芦抱井水把你浇大；你大了，爷爷依旧给你浇水，直到你50岁生日时，爷爷还提水浇灌你……当然，爷爷远不止培育了你这一棵核桃树，巧得很，恰恰是百棵，只不过，其余99棵全归集体所有。只有你，长在了爷爷的自留地里，且又是爷爷的“邻居”，因此你成了爷爷的一根支柱，一片绿云。

爷爷这个老烈属因为你的存在而充实了许多。春日里，你刚一发芽，爷爷就盯上你的枝梢了。他担心你结果少，收获空荡；又担心你挂果太多，压弯身腰；雨来，怕把你打落；风来，怕把你吹掉……白露是你成熟的季节，爷爷多盼那核桃秋来到！爷爷望着你怀中一嘟噜一串串仨一群俩一伙的小宝宝，老脸上挂满了笑。

爸爸把核桃从树上打落，爷爷把核桃一个一个捡起来，拾得极为认真，恐怕漏掉一个；爷爷像熟悉自己的孩子一样，熟悉核桃的模样，他的核桃与众不同，谁家的核桃“蹦”到他的核桃里去，他都要拣出来，给人送回去……

爷爷的大手被青皮核桃上的汁液染黑了，可爷爷的心却永远那般鲜亮、清白。核桃秋时节，队里的核桃是随便吃的，年年爷爷为队里看核桃秋，但他从不吃一个；只是每年的秋天，他都要挑拣两个最大个儿的核桃，以作为揉手球把玩；可这两个“宝贝”他不白拿，非得用他自己多出十倍的核桃与队长换。爷爷的大手里转动着两个核桃，同时也转动着清苦的日月……你忘记那日月了吗，核桃树？……

小屋。油灯。青石。爷爷在昏暗的灯光下砸着他从自己的核桃树下捡来的果实，“啪啪、啪啪……”一群孩子围在跟前，爷爷抓起他心爱的核桃，分给他更心爱的孩子，又把一瓣瓣白里透黄的核桃仁送到一张张红艳艳的溢着芬芳的小嘴里……核桃树，你还记得那情景吗？……

核桃树，爷爷真把你当摇钱树的吗？他说，有了你，他到死不愁没零花钱，可到头来又能卖几个核桃钱哪！但是，爷爷听说核桃可以出口之后，更加珍惜那圆溜溜似乎可以飞遍世界的核桃了。

核桃树，你真可谓爷爷的宝树了。不但你的果实，就连你金黄的落叶也可以烧火，温暖爷爷的石炕，甚至化作爷爷烟袋锅里的“旱烟叶”，冒出缕缕呛人的也是香人的烟雾……那是可以忘记的昨天的甘苦味吗？……

核桃树，爷爷既然那么爱你，又为什么早早地离开你呢？爷爷去了，去了20年了；而你还活着，旺盛地活着……不，爷爷也还活着，像你——核桃树一般活着！

岳父与白杨树

五间土坯屋。院里几棵白杨树。那里曾经住着我的岳父，自然还有岳母和满堂儿女。他们的大女儿后来成了我的媳妇，所以那位秃顶的平原汉子也就成了我的岳父。

慕名拜访过他女儿，第一次却没见到岳父。后来在那个初春时节，他居然主动带着大闺女，顶着淅淅沥沥的春雨，坐汽车倒火车，来到了京西的大山深处。山见山，三百三。岳父真正是不嫌山区艰苦，不怕那羊肠小路。几杯烧酒下肚，他就成了我的岳父。他的大女儿在那个山杏花正含苞待放的时节，便成了我的未婚妻。

在那个雪花把麦苗覆盖的寒冬季节，岳父亲手宰了一只羊，招待了我和我的父亲。这美酒羔羊，就成了难忘的订婚宴。父亲想有所表示，岳父却坚决地谢绝了。踏着平原上的白雪，我和她就领到了那两本火红的结婚证书。新的生活，就这样拉开了大幕。

婚后不久，我便和岳父及一个牲口贩子到河北省倒腾牲口和马车，为的是挣几个钱，也好走上致富的路。在桑干河畔的高山上，白雪皑皑，寸步难行。我颤颤抖抖地走过了那险要的山路，买到了一些牲口和旧马车。后来又将这牲口和马车赶到了遥远的燕山脚下，那片白杨树掩映的农家院里。当时我才知道：世界上真的没有吃不了的苦。

后来我从永定河畔来到了潮白河畔，有了一份临时的工作。

从大山里走出来的我，从来不会骑自行车。是在那两行白杨树掩映的土路上，岳父手把手教会了我骑自行车。

初夏时节，岳父带着我去麦地种黄豆。他还亘夸他已经去供销社上班的大女儿种地是把好手。那麦浪滚滚，那麦浪起伏。岳父在麦垄里挥着大锄，不时将头上的汗珠一甩，就甩落在了绿油油的麦苗上。那时我望着他古铜色的脸，望着地头的白杨树，很想给他写一首诗。

婚后没有房住。那年初春，他和我一起到田间地头号树（即在树上标上记号，表示预定和有主的意思）。那树就是白杨树。看上了一棵树，他用粉笔在树干上写下两个大字：有主！

难忘房子立架那天，他扬起谢顶的头颅，顶着那大柁，劲头儿十足。那一刻，我才知道什么叫顶梁柱。

老岳父。白杨树。我把白杨树和人联系起来，却是在顺义生活以后的事情了。首先让我把人和树联系起来的那个人，就是我的老岳父。

岳父一度长鞭一甩，赶着马车在白杨树挤得不宽不窄的乡间路上拉脚，风里雨里的，那滋味自然也是不会太好受的。年过五十的岳父是那一带有几分名气的车把式，他赶着马车，走在乡间路上，祈盼着生活的富足。

后来的后来，汽车逐渐把马车"顶"了。岳父也便把马车卖了，又到京西的大山深处买了一群山羊；把山羊赶到京东的平原上，在那白杨树下，放牧。可那年他在秋风扫落叶的白杨树下，卖了几只羊，回家一看，那百元人民币却都是假币。他只能望着白杨树长叹。

又一年他在白杨树下放羊，有人偷偷把毒药下在了地边的沟旁，结果岳父的羊吃了有毒的草，一连毒死了20来只白花花的山羊。岳父望着死羊，望着白杨树，谁知有几多感慨？后来他干脆把羊卖了，又养开了肉驴。每当腊月，他便在院子里的白杨树下，宰驴、卖驴肉。可这能赚多少钱哪？不管赚多少钱，老岳父也是乐呵呵的，面对着有几分苦哈哈的日子。人都过了70奔80了，腰杆却还挺着，不服老，不弯腰，就像一棵挺立在原野的白杨树。

岳父真的很喜欢钱。他的目标最初是：万元户。后来他的目标又高了一点儿：3万元户。他说他要看看3万元摞在一起那是一个多么大的数目！就是为了这3万元，岳父近80岁了，还到白杨树下、鲜花港里去打工。那个时候，他总以为他是世界上最能吃、最能喝，也最能干的汉子。他不服老，不服输。

可是，那一年的秋风萧瑟中，他却查出了不好的病。那个时候，他把所有的积蓄都掏出来交给了小儿子。他果然攒下了3万多块钱人民币。但，不过半年时间，他就永远倒下了；他倒下了，却站成了一棵白杨树。

塞外少女

因为认识孙静她爸，所以我才认识了孙静。孙静她爸爱捣腾牲口，所以免不了被骡马拳打脚踢。有一次，孙静她爸的脑门儿上挨了一驴蹄子，踢得不轻。为此，他在我家养了几天伤。吃喝住宿，我们对他不薄。以后他倒卖牲口，经常在我家落脚。他还鼓动我和他搭伴，一同当牲口贩子。当时我还真动了心。

20 年前的那个初春，为了赚几个钱花，我与孙静她爸搭伙，打算去矾山骡马市买牲口。我们提前约好，我去找老孙接头。老孙家在塞外官厅水库旁边的一个偏僻山村里。那天，我顶着零零星星的雪花赶到老孙家，可老孙却不在，说是临时去涿鹿赶集去了。一位穿红上衣、蓝牛仔裤的 17 岁姑娘接待了我。这个姑娘就是老孙的闺女孙静了。孙静见了我，话不少，笑也不少，一劲儿地叫我高大哥。她说，她常听她爸念叨我，她说她知道我会写诗作文，她说她还在报纸杂志上瞧见过我的小说和诗歌嘞，她说我可不简单，又是诗人又是作家哩。孙静把我说得怪不好意思的。我虽然比她大六七岁，且刚刚结婚，但我在这个善良而大方的姑娘面前，却显得很腼腆，动不动就问一句：“你爸还不回来？”

孙静用很有意思的方言说：“俺爹不回来，这就不是家了！可别外道哩嘛！俺爹到了你家，插（茶）前插（茶）后，好插（吃）好喝的，你到我家拘束啥哩！该插插（吃），该喝喝，该睡睡嘛！谁出门也不背锅背炕。”

孙静待我真是蛮热情。她的脸红扑扑的，像一颗潮湿的太阳；虽然已是初春，他家还生着地炉，那炉眼红彤彤的，也像一颗地下冒出来的太阳。面积不大的塞外人家里弥漫着一股股暖意。孙静放上炕桌，沏了一壶茶，热腾腾的，又摆上四盘点心，香喷喷的。孙静热情地张罗着让我上炕去，多吃多喝。我只好盘腿卧脚上炕去坐了。那土炕热乎乎的，让我的浑身都有一股热流涌动的感觉。然而在那美妙的感觉里，我总有点局促不安。这感觉可能就因为孙静是个桃花一般水嫩的女子。

刚吃过点心，孙静又炒了四个菜，拿上一瓶酒来。主食是她事先包好了的羊肉馅扁食（饺子）。我说等她爸回来再吃，可后来她告诉我，她爸今晚赶不回来了，打电话说，千万别错待了我；她又说她娘去了她姐姐家，晚上也不回来了。我有些失望，心想，孙静的父母都不在，只她一个姑娘家，我哪好意思和她相处啊！

吃饱喝足。孙静又端上一碟金黄的鸭梨来，让我插（吃）吧。此时我才发现天早已黑了。我向孙静打听，村中有店没有。孙静急了，说：“我们家炕塌了？让你住店去！俺爹去你家，你让他住过店吗？高大哥哟，看你老实巴交的，可别外道哟；你还是个作家哩，有啥不好意思哩嘛。你要乏了，就早点洗脚睡吧。”

我不好再说什么，只能听孙静安排我的住宿了。孙静给我打来一盆热乎乎的洗脚水，亲自看着我洗完脚，那黑亮亮的眼睛看得我很不好意思，然后又亲手把洗脚水端走了。事后我才知道，他们那个叫孙庄子的村严重缺水，吃水要用小葫芦瓢，下到近十米深的井里去舀，舀一桶水需要一袋烟工夫。因此，他们平时是很少洗脚的，洗也是轮流着用一盆水。而孙静却大大方方赏给了我半盆清水。我知道那半盆水她是没有倒掉的。后来孙静就找来一个 9 岁的小姑娘，说是和她就伴的。我们仨人打了一会儿扑克牌，打得倒是挺热闹的；我还用扑克牌给孙静算了一卦，因而那气氛就更显得融洽了。孙静大方地问我：高大哥，你看我能找个啥样的对象哩？我问她，你想找个啥样的对象哩？她的脸更红润了，眼睛也更加黑亮，她简直是直视着我说：想找个你那样的对象呗，浓眉大眼大高个，俊乎乎的，还会写书哩。我就不好意思地羞于看她了。我心中有点说不出的滋味。这个里外都穿着红上衣的少女，像一颗红辣椒，拨动着我的心弦。

把扑克牌收起来的时候，各自的心和话也都收起来了。但那一刻，我和孙静还真是有点一家人的感觉。似乎有点不可思议，我就要和孙静在这同一盘炕上睡觉了吗？当然是的。我到门外去了一趟，回屋后，孙静已经把被褥都铺好了。她叫着我高大哥，快上炕睡吧，乏了。于是我们就开始入睡了。听孙静的安排，她在炕头，小姑娘挨着孙静在中间，我在另一边。我们三个人就那么躺下了。我没好脱衣服。孙静却只脱得剩了一身红内衣。热炕本来很舒服，可我却总也睡不着。当时的心情的确很复杂。我总觉得孙静不该让我与她同一条炕上睡觉，可我又不知她该让我去何处睡觉。她家只有这一所房和这一盘热炕。躺下后，孙静又和我找了几句话说，她说你进了这个屋，就算一家人哩嘛；她还说，你可不能把自个儿当外人嘛。后来她又饶有兴趣地说，她们村南有一座山，山上全是芍药花，红芍药、白芍药、黄芍药、粉芍药，开得可好看哩！高大哥，芍药开花的时候，你来吧，啊？我带你上山去看芍药花。到时候，你准能写出好诗好散文来……听孙静对芍药花的描述，简直比看汪曾祺写塞外的小说还有味道。在那朦胧的夜色里，我有一种陶醉的感受。还想听孙静说芍药花，却不知什么时候，她已经睡着了，那过于轻微的鼾声，像是释放着芍药花的香气。那 9 岁的小姑娘也睡着了。而我还在想孙静说的芍药花。

那夜，我沉浸在一种美妙的、被少女信任和钦佩的非梦之中。在那热乎乎的炕上，我除了想给孙静写一首诗，再也不敢有什么想入非非的杂念了。孙静家的窗户纸是雪白的，窗外的雪花更是雪白的。我真的一点儿也睡不着，睡不着就看窗棂上的红窗花，仿佛也想看分明就在我身边的、已经把被子踢开的那位红内衣少女。我强迫自己把目光转移了，转移到地炉投射在顶棚上的那一轮酷似太阳的光圈上。那圆乎乎的火光，在我的眼前一会儿像一朵红芍药花，一会儿又像孙静的脸庞。我盯着那个焦点，总算逼着自己进入了梦乡。

第二天早上，孙静早早地起了炕，梳洗打扮了一番，又做好了早点，油煎扁食，熬小米粥。她才叫我高大哥，该起炕了。吃罢早饭，我要去矾山骡马市找她爸。孙静让我搭她们村的拖拉机去，我就顺从地爬上了拖拉机。回头一望，孙静依旧穿着那件红上衣牛仔裤，眼巴巴望着我，并说："后晌还回来，啊！我还给你包扁食插（吃）。"拖拉机嗒嗒地开走了，走远了。孙静在我的视线中渐渐地消失了……但她却像一朵红色的芍药花，再也离不开我的眼帘和心头了。

一晃 20 年了，那之后我再没能见到孙静，也没再打听她的下落，可我却时常想起她。在京城，在京郊，我看到过无数个酷似孙静的姑娘，可近前一看，都不是孙静。

我的第一本书里有一篇小说，原名叫《白雪地·红芍药》，后改名叫《桑干河，追求的河》，其主人公的原型就是孙静。可我无法转寄给她一本书。我会永远为她祝福。我会永远记得那个淳朴纯真纯洁无瑕的塞外少女。那个曾让我与她同居一炕而对我没有任何防备之心的少女，会让我感动一辈子的。人与人之间的关系能达到零距离，而彼此都无邪念，也算是人间最难得最难求的一种境界了吧。

在我的心头，珍藏着一朵永远的芍药花，一个永远的塞外少女。

情系京西红叶

京西故乡的红叶比莫言笔下高密的红高粱还红火还光鲜还鲜亮还烂漫还浪漫还浩荡，甚至有点张扬。我的先人们的爱情不一定诞生在红叶丛中红叶林中，但夫妻结合后的日子肯定是在层林尽染的山野里度过的。望着秋日里那些燃烧的红叶，我仿佛望到了我的祖母和母亲头上的红盖头，还有驮着她们出嫁的马或驴或骡子头上的红樱花，还有我的祖父和父亲穿在身上的红兜肚和红腰带。故乡有太多的红叶，故乡的山知道故乡的人爱红色，才长了这么多红叶的吧。故乡人最爱的是红喜字红花炮红被褥红纱巾，最爱吃的肉是红烧肉；也爱种红色的植物，包括红高粱、红小豆。经历了风霜雨雪的山峦，图的似乎就是一场秋日里的红色；山民们汗一把血一把地打拼，图的不也是日子的红火吗？有红叶的装点渲染衬托，故乡想不红火都不行了。

故乡的红叶是诗。说我的灵感是红叶点燃的，红叶听了肯定会微微一笑。30年前我在《北京晚报》发表的第一首诗，写到了黄栌叶；在《北京日报》发表的第一首诗，题目就叫《红叶》；在《北京文学》发表的第一首诗，是在“红叶诗笺”栏目里刊登的。我与红叶有缘，因为红叶是随我的脚步到处流动的风景。故乡那一座叫红金坨的山，秋色正浓的时候也是红叶最浓的时候，那色彩斑斓的层层山峦，绝对是与我相看两不厌的。那边的红叶当然不仅仅是枫叶黄栌叶之类，还有好多的树叶也是红的，最盛大的红叶林应该是山杏树林。山杏叶都争着赶着红了的时候，那盛况照一位伟人说就是万山红遍了。万里云雾也挡不住那红彤彤的景象。少年时，我曾吃过掺杂了红杏叶的饭食，那分明是苦生生的充饥物，至今想来却是甜滋滋的。手捧黑乎乎的杏叶饼子放眼红艳艳的杏叶，那独立山野的风光，绝对能给人一种力量。

在红叶林中渐渐长高的我，火红的青春就不知道该怎么焕发了。曾想着把那红叶上都写满诗，当个诗人肯定是像红叶一般美好的差事。后来有些人叫我诗人，我也发表了几百首诗歌，出版了几本诗集，但想想那西山的红叶，我觉得我对不起那些红叶。朝夕与红叶做伴，我的诗应该写得更好些。诗是可以传情的，红叶也是可以传情的。记得上高中的时候，行走在去往学校的红叶簇拥的山路上，有意攀到山崖上采下一枝枝实在是长得过于透亮、圆满和红润的出类拔萃的红叶，想给那位出色的女同学吧，又不敢，那时我比红叶还爱脸红，还爱羞涩，最主要的是囊中羞涩。但该有的才华还是随着红叶的更迭，不断洋溢着了。

故乡的红叶无处不在，每时每刻红叶都是陪伴我的画一般的风景。我曾在京西的大山上放羊，那白羊穿梭觅食在红叶中的情景，至今还印在我的脑海里。记得那场秋雨过后，山上的温度就急剧下降了，但我望见雪白和金黄的野菊花中似乎在燃烧的红叶，便觉得心里暖烘烘的，还是想写点什么。我在放羊的山上写过不下百万字的各类习作，那红叶就是照亮我写作之路的灯盏，是点燃我灵感的火花。即便晚上我独自在孤灯下的小屋内写东西，案头上也摆着一簇插在瓶子里的红叶。

站在山中，遥望山外。有时候我也像红叶一般激情澎湃，不那么安分。心血来潮写的几部中长篇小说，我怕寄丢了，就亲自送到出版社去。如果赶上秋日里出山，我总要在山路上采一些上好的红叶，给城里的亲朋好友带去。那次我参加门头沟文化馆的活动，带的礼物也是一大把红叶和野菊花。寂寞和乏味的生活是可以在红叶中变得热闹和多彩的。如果秋天没机会进城去，我就把红叶装入信封，寄给京城的诗朋文友。那一瓣瓣心香，至今还在某个心头弥漫缭绕吧？

不可否认，红叶也是带着失落感和伤感色彩的，不管它们看上去有多美。在长城脚下，望着长城上的红叶，感叹于时光流逝得太快了；走在永定河畔，望着倒映在水里的一层层红叶，觉得那句事业有成的话，也像那水里的红叶，离我太遥远了。追求是一个人的本性，倘若总是达不到所追求的目标，那就难免像欲落的红叶一般惆怅。过于如诗如画的美景，有时候也并不一定如心。我是在那个被称为珍珠湖的周边的丰沙铁路上看过一段桥梁的，那个所谓罗锅桥就在我的眼前。那一带的山峰和那一带的红叶，是人们不可想象的、美不胜收的。那时我们划着小船，在碧波中悠然地欣赏山崖上的红叶，还有水中红叶的倒影，如同置身于仙境般，又向往着比那更美的仙境。

后来，那列墨绿色的火车把我带到了并不遥远的远方，一个叫顺义的地方，但那红叶始终蓬蓬勃勃红红火火地燃烧在我的心头。回眸西山，回眸红叶，我那一脉红叶情，不会随着将来生命的结束而结束，而会延续不断，因为我给京西的红叶写了太多的诗文，那墨香会伴着红叶的芳香年年岁岁红了京西的。

把月亮"腌"在诗人的心里

自古以来，写月亮的诗就像月亮的影子，随处可见。虽各有千秋，但也难免似曾相识。然而，读了《京郊日报》9月16日"喜鹊"副刊上高丽敏写的《月夜》（外一首），我的心却也如诗中所言，"感受你的怦然心动"了。

我和高丽敏是同乡，应该是望着同一轮百花山上或永定河里的月亮长大的；我与她不属同胞兄妹，但属同祖同宗同辈是没错的。我远离故乡，不记得她的模样，但她却在短信中称，是背着我的什么诗长大的。其实，我写诗倒没写出个名目来，但我拜读过她的几十首诗后，倒是觉得那个"……在山谷里瞌睡 / 思想睁着眼睛"的诗人，的确在把"体己话只说给你听"。

我不是特别喜欢朦胧诗，但高丽敏这两首如云中月般朦胧的诗，却恰如"东坡的老歌 / 正用轻绡的羽翅弹拨"。其实，丽敏这诗的意境已经超出了"老歌"的意境。此诗没有岳飞的"八千里路云和月"那般"壮怀激烈"，亦无苏轼《水调歌头》的忧患和深沉，但此诗的缠绵缱绻之情，却像月光一样洋溢在字里行间。通过诗我们不难看出，一位月夜里的女子，在多情地望月兴叹和歌吟——非无病呻吟，月下和纸上都可见真情流露，用诗人的原话叫“心思却似枝梢的小月 / 温存无声地泻落……一任月光微雕我的影子”。

诗人，通过月亮寄托了太多情思。我们的古诗人是把诗歌作为情的载体，像月亮船一般遨游情海的；我们的前辈诗人感叹“诗人的天赋就是爱”。《月夜》和《望月》两首诗，不正是一对情之侣爱之伴吗！“夜无枝 / 我却攀住了你的鼻息 / 相思伸出青藤 / 等你醒 / 我不怕你高高在上 / 青藤为我的梦接生 / 夜无根 / 我不再委托太阳传话 / 我只会在眼里掘井 / 期待你的跃入 / 习惯了对你的仰视……”读了这样的句子，哪一个读诗的人不会“问到深处 / 情还是难舍”呢？我相信高丽敏的诗不是写给某一个人的，而是写给月光下所有人的。让更多人产生共鸣的诗才是好诗。诗人倘若像月亮一样，情系大众，那么，她（他）的读者的眼睛也会像“闪烁着满天的星”。

据高丽敏说，她的这两首诗是一气呵成，或是信手拈来的。但我以为，这是“长期积累，偶然得之”的必然结果。我相信，灵感的火花都是冲有准备的人而去的。如诗中所说：“我掘井 / 夜怎会不生根”！是的，诗是从生活的源泉里开掘出来的。如果丽敏以前不曾“掘井”，也不可能一下就舀上一瓢甘甜的泉水来。我想，丽敏写此诗的时候，或许想到了故乡的腌咸菜和腌酸菜，否则，她怎么会跑出“腌制”一词来呢？把月亮在心里“腌”得久了，也才冒出了这两首“腌制”久了的诗。一个“腌”字，神哪，我还真没看到过“腌月亮”的诗。丽敏称，她写诗和散文纯熟些，写小说却生疏点。既然如此，不妨多“腌制”一些更味道醇厚的诗文。诗的境界才是文学的，也是人生的最高境界。愿丽敏“你在井里 / 腌制 / 一汪风情万种”。

解读中国结

用中国人的心、中国人的血、中国人的诗笔写下的中国结——相信爱诗的人、不爱诗的人，都会在激荡的诗行前产生共鸣。此诗长吗？远没有万里长城长，更无连在一起的中国结长。中国人的诗情，应该像长江一般流淌。

——题记

一

谁知在哪一年、哪一月，谁知在哪一天、哪一夜，中国的土地上忽然冒出了不知多少红艳艳的中国结？中国结映红了南方的翠竹，中国结映红了北方的白雪；中国结像腊月梅一样红红火火，中国结像十月枫那般层层叠叠；像长江畔怒放不尽的红花，像长城上燃烧不熄的红叶；像一只只红色的蝴蝶，飞遍了祖国的碧空绿野……

中国结诞生于中国人之手，中国结是中国人不断的情结；心与心的相连，手与手地相挽，中华儿女编织出了多少中国结！中国结大吗？大得如长虹万里，可以跨越五湖四海、三山五岳，那一根根红丝线像一根根血管，紧紧地、紧紧地把全世界连接。中国结小吗？小得如红梅一点，但，那一点红却可以和颗颗心相贴，把所有的心筑成一颗心的金字塔，心之光就会像红日照遍世界！

中国结是一件工艺品吗？谁能读懂那一个个中国结？中国结的创作灵感来自哪里，是谁创造了永恒鲜活的中国结？也许来自钻木取火的第一缕火花，也许来自山顶洞人住过的洞穴？也许来自中国印的庄严色彩，也许来自用绳子记数的第一个小结？啊，中国结掀开了中国历史的一页页……

中国结曾伴着孔子周游列国，否则，中国的文化哪能超越世界？中国结是人们纪念屈原时包的粽子，中华儿女谁能割断和那爱国诗人的情结？中国结是苏武牧羊旌节上的红穗，黑发变白发，心却依旧像红霞热烈；中国结曾连着司马迁的巨笔，忍辱负重者才能把中国的历史书写；中国结是白龙马头上的红缨花，点亮了玄奘取经的日日夜夜；中国结是丝绸之路上的路标，把文明古国与八方连接；中国结是《本草纲目》里的一枚书签，李时珍的名字和百草流芳世界；中国结是黄道婆纺出的丝线，中国结是聂耳谱出的《国歌》的音乐；中国结是曹雪芹笔下的不了情，真情者才能把《红楼梦》创作披阅；中国结是文成公主进藏时穿的红衣，中国结是文天祥《正气歌》里的一个音节；于谦的《咏石灰》几多浩然正气，岳飞的《满江红》几多壮怀激烈？冼星海《黄河大合唱》的旋律，激起多少中华儿女抗战的热血！中国结连着四大发明和四大名著，中国结连着四个现代化的宏伟大业……

中国结是喜儿扎过的红头绳，她让人难忘旧社会的苦难岁月；中国结是挂在毛泽东心头的明灯，一代伟人敢叫旧社会土崩瓦解；中国结是永不熄灭的太阳情，饥寒交迫的奴隶敢用红心照亮世界；中国结是红色娘子军戴过的红袖章，谁能忘记那一个个峥嵘岁月？“苍山如海，残阳如血”，红军啊，谁的心头不曾揣着中国结？中国结曾是战旗飘飘，红旗猎猎——中国结迎来了中国人站起来的红色十月！……

中国结伴着国旗飘扬，中国结伴着国徽闪烁；中国结是巨龙在腾飞，中国结是醒狮在跨越；中国结是翩翩起舞的红衣少女，中国人飞翔的梦想从来都没停歇；中国结是曾在大庆油田燃烧的篝火，中国工人敢用生命去创造千秋伟业；中国结是亚运和奥运的圣火，五星红旗下，多少运动健儿用金牌换来母亲的泪花和笑靥；中国结是扭动的大秧歌，中国人永远都怀念激情燃烧的岁月；中国结可曾伴随女娲补天，中国结可曾伴随嫦娥奔月？中国结伴随杨利伟圆了中国人的飞天梦，中国结扬眉吐气笑对世界……

二

中国结蕴涵着多少深意和注解？中国结是团结的结，美和力的凝聚才能创造新美的世界；中国结是友谊的结，相互关爱，心花才不会凋谢；中国结是道德的结，以心换心，不会让生命之河枯竭；中国结是英雄的结，中国结连着多少英雄豪杰……

中国结是中国人喜爱的红鞭炮，让中国人天天看到春节；中国结是中国人爱吃的红辣椒，把中国人的热情点燃得比火热烈；中国结是中国人爱系的红腰带，红腰带不止为了辟邪，中国人即使勒紧了腰带，也要把瑰丽的诗文谱写；中国结是地道的中国红，中国红才能红遍这个世界；中国结是一抹抹霞光，红了祖国的江河原野……中国结是一根根燃烧的蜡烛，中国人心头的烛光啊，永不泯灭！

中国结是喜庆的结。中国结是一个个大大小小的红灯笼，红了天安门，也红了遥远的城郭水榭；中国结是一副副红对联，让千家万户透着吉祥喜悦；中国结是一个个红喜字，出门见喜是谁都渴望的境界；中国结是家家窗上的红剪纸，中国结是红头巾飘舞的村街；中国结是新娘头上的红盖头，唢呐声声，吹红了洞房花烛夜；中国结是月子屋门锦上的红布条，生命生生不已，子孙代代相接；中国结是一张张红请柬，飞吧，伴着一只只飞舞的喜鹊……

中国结是收获的结。中国结是一片片红高粱，在朝霞和秋风中摇曳；中国结是一坛坛美酒，醉了陕北红枣、海南红椰；中国结是系着长白山人参的红丝带，中国结连着金橘、红柿飘香的季节；中国结是一个个打着红点的白馍，中国结是红嘴鸟叫肥的闸蟹；中国结是一根根香脆的麻花，让人把硬朗朗的好日子咀嚼……

中国结是美丽的结，再美的鲜花也比中国结逊色。中国结是中国姑娘头上的蝴蝶结，流动的诗配画，流动的蝶恋花，比山花热烈，比山泉纯洁；中国结像中国妇女穿的红棉袄，透着火辣辣的热情，也透着几分羞怯。奔腾的黄河之水，厚重的黄土高原，需要太多、太多红色的中国结。中国结是裹着中华文明的红兜肚，中国结是含着中国特色的绣花鞋；中国结是一束束不凋的鲜花，春夏秋冬，花儿都是那般风姿绰约。一条中国结胜过一万条红玛瑙项链，一条中国结胜过十万个蓝宝石钻戒。中国人佩戴一条中国结，走到哪里都有一种自豪和美的感觉；中国人佩戴一条中国结，敢于加入任何选美的行列。啊，中国结，流淌着中国人热血的中国结！中国红是最美的色彩，中国结是最美的凝结。华夏儿女一看到中国结，就像看到了彩霞映红的大海和原野……

中国结是爱情的结，中国结的情最真，中国结的意最切。中国结是梁山伯与祝英台化作的蝴蝶，中国结是瞎子阿炳用二胡拉出的永不降落的《二泉映月》……中国结是多情女绣出的荷包，中国结是痴情郎沸腾的血液；中国结是地道的中国情，中国情才是最美的情结；中国结把多少有情人连在一起，中国人的爱情最讲忠贞、纯洁。用中国心加一条中国结求爱，即使难成比翼鸟，爱之花也不会凋谢……

啊，中国结到底有多少诠释和注解，谁能真正读懂中国结？中国结是工人手中的焊花闪耀，中国结是农民手下的禾苗拔节；中国结是少先队的领巾红似火炬，中国结是解放军的帽徽红似栌叶；中国结是金帆银帆红帆破浪远航，中国结是测旗彩旗酒旗迎风猎猎；中国结是诗人心头的灵感火花，中国结是画家笔下的丹枫皓月……

中国人一天不看到中国结，心头就有空荡荡的欠缺。春天里看到中国结，二月花红得更加真切；夏日里看到中国结，甘霖洗亮了满目绿叶；秋天里看到中国结，树上的果儿红透原野；冬天里看到中国结，寒风似乎不再凛冽……

街头飘着中国结，谁不神往啊神州第一街？橱窗里飘着中国结，生意红火得就像榴花盛开的五月；驾驶舱里飘一条中国结，一路平安就伴随着的哥空姐；居室里飘一条中国结，温馨的家就把残缺拒绝；钥匙上拴一条中国结，红色的吉祥鸟就会在喜盈门上欢呼雀跃；胸前挂一条中国结，生命之火呀，再不会熄灭！……

中国结敢于对苍白说——不，尽管中国人敢于正视悲欢离合阴晴圆缺；中国结敢于对黑暗说——不，因为中国人不愿再回到黑暗岁月。中国结永远是光明的使者，牛鬼蛇神肯定最怕中国结！

中国结系着宝葫芦的秘密，中国结含着中国人做人的秘诀。啊，中国结，连接中国人的情结。中国结是龙飞凤舞的汉字书法，中国人正用巨笔把锦绣诗文书写；中国结是跃跃欲飞的仙女，中国人正展开翅膀尽情飞跃；中国结是一轮腾空的旭日，中国屹立在东方，也会走向世界。

用我们黑色的眸子放眼全球吧，让全球都挂上红彤彤的中国结……

姥爷的奖旗

也许每个人都有自己最珍贵的一份藏品，当年我姥爷的藏品，肯定就是那面奖旗了——那面红艳艳的、绣着金灿灿的字的奖旗。姥爷是个木匠。记得儿时，姥爷在院子里做木匠活，总爱让我帮他拉下锯，我们一边哧啦哧啦地破着木头，姥爷一边说着顺口溜：拉大锯，扯大锯，把小鬼子赶回去……姥爷兴致一来，就给我讲开了他炸日本鬼子岗楼的故事。讲着讲着，他又走进屋，打开板柜，把那面奖旗拿出来，让我看。

是 20 世纪 60 年代中期的那个夏天。那天山外来了一个人，那个人拿着当时对我们来说特别稀罕的照相机。他说要看看我姥爷的奖旗，我姥爷就把奖旗从柜子里拿了出来，给他看。看完以后，他说老高你不简单哪！后来他又说，让我姥爷拿着这面奖旗，他给照张相；他还说，照完相后，他要把这奖旗拿走，他有用。我姥爷就答应他了。我姥爷拿着那面奖旗，与那位同志一起，还领着我，到一面山坡下去照相。那天我和姥爷以青山蓝天为背景照了好几张相。姥爷拉着我的手说，你是革命的接班人，你得和我一起照相。于是，我就和我姥爷一同抻着那面奖旗，让那位同志给照了相。照完相后，姥爷一再叮嘱，同志，可千万把相片给我们寄回来呀。那位同志说行，肯定会把照片寄回来的。

此后，我姥爷三天两头念叨那次照相的事儿，念叨那面奖旗。姥爷在他的晚年，还常常做木匠活。十里八村好多人家的房子是他盖的，家具是他打的。他给人做零碎木匠活儿，打升子（升子为量粮食的器具，容量为斗的十分之一）、做板凳什么的，他都不要钱。他总是说，人活一辈子，多给人留点儿念想。而他最终的念想，真的就是那面奖旗。他在昏迷状态，还说着胡话：奖旗，奖旗……可直到我姥爷逝世，也没见有人给他寄回照片来，他也再没见到那面奖旗。是我姥爷去世 3 年后的 1981 年 8 月 18 日，《北京日报》刊登了署名袁世贵的文章《抗日战争时期的几件文物》，文中刊出了一面奖旗的照片。我一看那照片，心咯噔一下，哎呀，那不是我姥爷那面奖旗吗？当时才知道，那奖旗并没有丢，而是保存在首都博物馆里。望着那张奖旗的黑白照片，我的泪眼真的有点儿模糊了，我想起了我姥爷，还有他的那面奖旗。他的那面奖旗是多么来之不易呀，那奖旗上渗透着他的沥沥鲜血。此后，我通过打电话找到了那篇文章的作者。原来，当年给我和姥爷照相的就是他，拿走我姥爷的奖旗的也是他，就是那位袁世贵同志。

奖旗还在。如果我姥爷的在天之灵知道他的奖旗还在，他肯定也会欣慰的。因为那面奖旗是他一生中最光荣最值得自豪和骄傲的明证啊。

说句实话，姥爷不是我的亲姥爷。我的亲姥爷不到 40 岁就死了。他撂下我姥姥、我母亲，还有我的两个舅舅，就撒手人寰了。姥姥也是无奈，就改嫁给了我后来的姥爷。我的后姥爷叫高明景。我后姥爷从小就学木匠，是个方圆百里都知名的手艺人。可日本鬼子来了以后，姥爷眼看着他亲手盖的房子被鬼子烧毁了，气得怒火冲天，也顾不得干木匠活了，抡起大锛子，就打开了鬼子。也许因为他打鬼子成了英雄，我姥姥才嫁了他，他才把我母亲她们姐几个抚养大。

当年我姥爷作为民兵队长，曾立下过汗马功劳。1943 年，一支日军包围了平西地委，我姥爷机智地救出了地委书记，得到地委及边区政府的奖励。1944 年，敌人在同塘路和丰沙路建沿河城火车站，企图斩断我平西和平北根据地的联系。为粉碎敌人的阴谋，我抗日军民在同塘路痛击敌人。我姥爷高明景率民兵参加了这场战斗，他们埋地雷、打伏击，炸死、炸伤敌人 38 人，获战斗英雄称号。

也是在那一年，日本鬼子在离我老家不远处的两个山包上，筑起了两个炮楼。一个驻日军，一个驻伪军，切断了平北八路军的供给线。那年秋天的一个傍晚，我姥爷集结了一群民兵，动员民兵们炸掉那两个岗楼！他们经过多天侦查，确定了爆破方案。我姥爷后来几次在山头上侦查，发现每天早上太阳出山以后，总有十几个鬼子在离炮楼不远处的山包上放流动哨，监视山下的大道，太阳一落山，他们又缩回炮楼。那天，经过细致安排，我姥爷他们在天黑之前，把三个大地雷埋在了鬼子烧过火的地盘下面。然后，撒上柴草、灰烬，用偷来的鬼子的靴子摁上鞋印，毁掉自己的足迹，才倒退着撤回到山上。翌日清晨，太阳刚出山，十多个鬼子像往常一样，又来到山包上放哨。只听得轰隆隆一声巨响，地雷爆炸了，硝烟弥漫，鬼子倒下了一片。当时埋伏在山上的我姥爷他们，跳着叫着，欢呼着胜利。

而紧接着的胜利，是我姥爷他们很顺利地把那两个鬼子的炮楼给炸掉了，通往平北的交通线又恢复了。

正是因为那一次又一次“胜利的爆炸”，我姥爷才得到了那面奖旗。我记得那奖旗上印着丝绣的金字“奖给爆破英雄高明景”，落款是“怀涿县政府，一九四四年十月”。

想来，姥爷那面奖旗距离现在，已经过去 70 多年了，我也已经快 50 年没见到那面奖旗了。但我想，那面奖旗肯定还是红色的，金色的；那面奖旗也像我姥爷的心，是红色的，是金色的。

田庄的火种

北京第一高峰灵山，矗立在我的故乡；北京第一大河流永定河，流经我的故乡。故乡山高水长，层峦叠嶂。那当之无愧的绿色京西，有着令人起敬的红色土壤；当年我年年望万山红遍，也在把红色的足迹寻找、向往。在那太行山余脉里，在百花山下，在永定河旁，有一个不大的小村，叫田庄；就是田庄这个小村，出了门头沟区第一个共产党员——崔显芳；就是这个叫崔显芳的党员，于 1932 年组建起中共宛平县第一个党支部——田庄高小党支部。而今，80 多年过去了，那门头沟第一位共产党员早已经长眠在西山丛中。但他创建的第一党支部，却还像浪花一样延续不断，后浪推前浪；他播下的革命火种，还像山丹花一样，蔓延绽放。我走进田庄，站在崔显芳烈士的墓碑前，除了崇敬就是敬仰，不禁写下了这虽然笨拙但真诚的文章。

那个叫田庄的山村，四面环山，四面环山，却没有挡住你出山的脚步，你这个大山的儿子，这个读过私塾的学子，于 1922 年，走进了闻名的上海滩，在那里，你不但成了一个优秀的学生，也成了一名优秀的共产党员。如果在那里发展，你的前程将何等灿烂？可你选择了回到故乡去，回到故乡去，岂止是对故乡的留恋？那里的薄皮核桃，给了你太多的文气和灵感；那里的红芽香椿，就着烙饼摊鸡蛋，吃上一顿，三天都舒坦；那里的清泉水，比荆花蜜还清冽甘甜……只是为了这故乡情结吗？你才走出高山，又回到高山？不，你这门头沟第一个共产党员，为把革命的火种在家乡传遍，为了宣传马列主义，才于1924年，从黄浦江边又回到永定河畔，才又走进了那连绵起伏的群山。从此，你那盏流动的马灯，照亮了多少人的心田？就连故乡的山花野草，也听你讲过《共产党宣言》。

山村需要教育，你就建立了田庄高小，你家的宅院就成了校园。你这位崔校长，担当的又何止是校长的重担？那书声琅琅的教室啊，莫不是行驶在京西的一条南湖船？京西第一个党支部——田庄高小党支部，就诞生在你家的院落，诞生在1932年。从此那星星之火，就在京西燎原、燎原。

办学屡遭破坏，你又办起“一元春”药铺。不但为了救死扶伤，也为救国救民；以行医为名开展革命活动，始终怀揣红色的信念。你秘密建立了枪支修造所，建立了游击队；你发动群众进行反捐税、反剥削、反压迫的斗争——你像一只雄鹰，飞翔在太行山之间。

火种渐渐驱散黑暗。1932年的秋天，又一茬薄皮核桃在枝头摇曳，一嘟噜一串。秋风中，中共宛平县临时委员会由你牵头组建。1933年春天，又一茬红头香椿，香味随着空气弥漫。春风里，中共宛平县委员会正式成立。革命的烈火像朝霞，不断映红西山。可你这位播撒火种的人，也经受着黑恶势力的磨难，敌人恨不得把你吞噬。1934年夏天，山上又开满了红山丹，你望着红红的山丹花，像望着自己点燃的革命火焰，可因中共宛平县支部遭破坏，你不幸被捕入监。在黑暗的牢狱之中，你坚贞不屈，受尽折磨；但你这位京西第一党员，却像金子一般不怕火炼。

只要生命还在，那鲜红的党旗就挂在你心间；誓死不放下镰刀和斧头，直到把旧世界砸烂。而在那个黑暗的1935年的春天，你没能再看到红头香椿再次红遍田庄，你没能再吃到一顿烙饼和香椿摊鸡蛋，便光荣地牺牲了——百花山为你低头，永定河为你呜咽。京西的群山为你立下丰碑，高入云端。

而今，我站在你的墓前，望着你掩映在翠柏丛中的墓碑，心潮像浪花一般飞卷。追溯你走过的革命足迹，那红色的脚印像一首诗，闪现在我眼前。崔显芳，你这门头沟第一党员，像你的名字一样，尽显风流，尽显凛然，尽显无尽的芬芳，像一朵年年开放的红山丹。你虽然倒下了，却化作了一团火，在西山蔓延红遍；你成立的第一个党支部，永远屹立在千万共产党员的心间；因为你，那个叫田庄的村名，也传得好远好远。

时光荏苒，80多年了，人们依旧没有忘记，你这第一党员，你成立的第一党支部，你那共产党员的风范，你那火种给人们留下的影响、留下的温暖；你这位光荣牺牲的革命烈士，分明还站在高山、河畔；田庄那闻名的薄皮核桃，仿佛还伴着你的大脑思索，昨天，今天，明天；田庄那沐浴着春风的红头香椿，分明受过你的鲜血浸染。你曾经是一位老师、校长，一代代学子会永远把你怀念；你是一位真正的共产党员，共产党员会永远把你当作典范；你的纪念碑屹立在田庄，也矗立在千千万万共产党员心间。

永定河流了一年又一年，山丹花开了一遍又一遍。而今，我站在你的碑前，为你写下这笨拙的诗篇。如果你有在天之灵，就在丛中笑吧、笑吧——笑看家乡旧貌变新颜。

面对东洋刀的爷爷

一把东洋刀在高明芳和高明田哥俩的头上又晃了几下，日本军官赖野用半生不熟的中国话再次问道：八路军的，哪里去了？

哥俩一同摇着头，还是同时说：不知道。

这是发生在1943年京西门头沟小东宫村的一幕似乎是司空见惯的场景。那一天，驻扎在沿河城据点里的鬼子再次去搜山，并在村头抓住了为掩护乡亲们而未跑脱的亲哥俩高明芳和高明田。这哥俩长得都是一米八多的大个儿，都是浓眉大眼的，看着不像是“傻子”，可那天那哥俩在鬼子面前硬是装傻充愣，问什么都是三个字的回答：不知道。面对这一问三不知的亲兄弟，鬼子军官赖野气得直叫唤，并挥动着东洋刀，威胁哥俩说：不说就杀头，就死了死了的。

然而，哥俩还是只说不知道，并故意直眉瞪眼的，装出一副痴呆相。赖野无奈地直把东洋刀晃得闪着寒光。可那抡惯了锄头和牧羊鞭的哥俩，在那大刀面前却面不改色心不跳。赖野盛怒之下，一刀背子下去，就砍到了高明田的额头上，顿时鲜血淋漓，可那高明田还是二话不说。赖野见问不出个什么名堂，又不想放了这哥俩，也不想杀了他们，还想留着他们，从他们的嘴里得到点什么，于是当天就把高明芳和高明田抓到了据点里，再次讯问他们八路军和民兵的情况。这哥俩继续装傻充愣，还是什么也不知道。到最后，赖野气得用东洋刀在他们跟前直比画，让他们滚回老窝去。

就这样，哥俩靠装傻，在鬼子面前什么也没说，既保护了八路军，又保住了自己的性命。这哥俩东洋刀下不低头的壮举，在当地广为传诵。

此后，高明芳把长子高文和送往前线，高文和在兼任一家兵工厂厂长期间，英勇牺牲。而高明田直到死，头上还有一道东洋刀给他留下的深深的伤疤。

前边所写的高明芳，是我的爷爷，高明田是我的四爷。他们哥俩在东洋刀下不低头的故事，应该说也不是故事，就是真事，京西那一带的老百姓妇孺皆知。这故事似乎没有什么新意，甚至说是一个老掉牙的故事。我爷爷生前给我讲过很多故事，但他从不讲这个故事。有一回，我天真地问爷爷，爷爷一边吸着老旱烟，一边就和我这个孙子对上话了。那样的对话，我一生都忘不了。下面就是我和爷爷的对话：

爷爷，你为什么不在鬼子的东洋刀下低头？

因为我是你爷爷。

爷爷，我是问你为什么在鬼子面前总说不知道？

因为我说知道了，八路军就暴露了。

那鬼子要是真成了杀害你的刽子手呢？

那我也只能认了。

爷爷，我问你为什么要这样做？

我说了，因为我是你爷爷。

就因为这些吗？

还因为我是个男子汉。

还因为什么？

还因为我是个中国人。

爷爷，你怎么就不在东洋刀下低头呢？

爷爷是一座山，爷爷不能在鬼子面前低头。

爷爷，那要是鬼子砍掉你的头呢？那你不还是倒下了吗？

倒下了，我也是你爷爷，是你不怕死的爷爷；如果爷爷说了鬼子想知道的话，那爷爷就成了汉奸，那可就不是你的爷爷了。所以说，就算是爷爷倒在了东洋刀下，爷爷也还是爷爷。站起来，爷爷是一座山；倒下去，爷爷的鲜血就化成了河流，就流到永定河里去了，还能咋样？爷爷怕啥？为了保住八路军和乡亲们，爷爷倒下了，比咱们的红金坨还高。爷爷的鲜血流到河里去，也就奔着新中国去了。

爷爷，听您这话，简直像个诗人说的话。

不，爷爷不是诗人。可爷爷希望我的孙子——你，将来能够当诗人。

爷爷，那我将来就当诗人。

……

还没等我当上诗人，我爷爷就永远地去了。我的四爷晚于我爷爷好多年才离世。我也曾经问过四爷类似的话，四爷为什么不在鬼子的东洋刀下低头？四爷的回答，和我爷爷的回答惊人的相似。那一刻，我望着我四爷脑门上那块东洋刀给他留下的伤疤，叫了一声“四爷”，说了一声“我明白了”。

后来我就成了诗人。尽管爱瞧书的四爷也没能看到我发表的诗文，但我写这些诗文的时候，却常常想起我的爷爷和四爷……

第五辑　潮白河畔

写给汉石桥湿地的忏悔录

那块湿地当年叫海子，这名字还有点诗意；我们叫它大芦荡，这名字也有点诗情画意。不要说那里远离潮白河，却属于潮白河水系。那里曾经是我们的乐园，儿时我们曾经多少次到那里玩耍嬉戏。而今想来，那样的记忆里，却有着多少后悔、忏悔甚至懊悔。千言万语一句话：感觉对不起那块湿地。

如果当年少钻进芦苇荡里，少往外端几个鸟巢，那菠萝似的鸟窝，小篮子、小盆子似的鸟窝，那里现在肯定有更多的鸟窝；如果少去那里掏一些鸟蛋，大大小小、各种颜色的鸟蛋，那里现在肯定有更多的鸟蛋。如今想把鸟窝送回去，鸟儿肯定不要了；想把鸟蛋送回去，鸟蛋肯定孵化不出来小鸟了。唉，对不起那些鸟们！我等于糟蹋了它们的儿女。就让那些鸟儿用鸟鸣骂我几句吧，就让那些鸟儿用喙啄我几下吧，因为我曾经破坏了它们的栖息之地、伤害了它们的孩子。我知道，如果我当年不掏那么多的鸟儿，如今的湿地肯定有更多的鸟儿……鸟儿在芦苇荡中叫着飞着跳着，那才叫诗情，那才叫画意。哎呀，当年我这个顽童，怎么就把那么多的鸟儿葬送在我的手里、我的鸟笼子里……

梦里，我把当年那些鸟儿又都放飞了，它们噗噜噜又飞到了汉石桥湿地，飞到了那绿油油的芦苇荡里。苍鹭、白鹭、黑水鸡，还有爱报喜的喜鹊、对歌的黄鹂……梦里，荷花和睡莲对我笑了，草鱼和鲤鱼冲我游过来……醒来，我知道这是梦，又不是梦。汉石桥湿地，如今又成了一首诗、一幅画，就在不远的远处，就在我们的心里。

那是顺义的一叶绿肺，那是一个天然的氧吧，那是一泓碧水，一层层荡漾的涟漪……我多愿做一只鸟儿，守候着更多的鸟儿，让它们自由自在地在那里落脚；我多愿做一条鱼儿，在那沼泽中尽情地游弋……把我欠湿地的鸟儿和鱼儿都还给湿地吧，让湿地永远充满蓬勃的生机。

只要潮白河有水

潮白河的水，清凌凌，那一湾碧水呀，浇灌着两岸的庄稼。小麦绿油油、金灿灿；玉米在拔节，腰里抱上了扎着蝴蝶结的玉米娃娃；高粱红了，高粱穗映红了晚霞；稻谷熟了，招来了几多鸟儿和青蛙。清亮的潮白河水，还蕴含着油呢，若不，怎么会肥了那么多鱼虾？有潮白河的河水滋润着，芝麻开花节节高，菜花金黄蝶纷纷，向日葵笑吟吟，落花生香喷喷……潮白河水滚滚流淌，那清澈的河水映着两岸的绿柳白杨；那碧绿的河水，让百花在鲜花港里绽放……潮白河真是顺义的母亲河呀，把顺义的万物滋养，把顺义的儿女滋养。

水是万物之源，水是生命之本。假如说，地球原本是大海，人，就是鱼的子孙。有人说，鱼水深情，其实，人与水有更深的情！倘若说，人是爱情的结晶，那么，人的雏形恰似露珠晶莹，从母亲的羊水破，到母亲的奶水滋润婴儿的红唇……水呀，伴随人的一生！潮白河就是这么养育着两岸的儿女，走过了百年千年。

如果没有潮白河水，哪有杨柳绿？哪有杏桃红？哪有稻浪黄？哪有麦海青？哪有果的香甜，瓜的汁浓？哪有原野的葱茏，燕山的峥嵘？哪有鸟儿的歌喉，鱼儿的游兴？哪有羊羔如云，骏马驰骋？哪有千船竞发，万木争荣？好一条潮白河，就这样让顺义大地充满了诗情画意，画意诗情……

潮白河的水，让两岸的人都有水灵灵的眼睛，让两岸的人都有矫健的身影。顺义奥林匹克水上公园，是镶嵌在潮白河畔的一面明镜。

有人说，血浓于水——如果没有水的作用，又哪有满腔的热血沸腾！

中华民族把龙作为自己的图腾，或许就是因为龙能呼风唤雨，养万物、润苍生……所以，世人对龙多了一百分崇敬！连自来水开关也称为龙头，可见，龙与水密不可分。虽然，人们把自来水说得那么轻松，似乎那哗哗的清水真是自己来到了千千万万个家庭，可谁知晓，那胜似血管的自来水管凝结着多少汗水和真情！诗人说，爱的主题永恒；画家道，情的主题永恒——其实，水的主题最永恒。世间一旦没了水，也就没了画意，没了诗兴，甚至没了人类活动的身影、兽类寻觅的身影、鸟类飞翔的身影……自然，也就没了花的芳踪、树的高挺……是每一滴水辉映着世上所有的笑容……潮白河的水就是这样的水，折射着顺义儿女的面容。

既然水胜似金银，就让我们珍惜水吧！就像珍惜自己的血液、自己的眼睛。饮水思源吗？但愿水源永不干涸，永不封冻，但愿水永远都不告别她养育的一切生命！

潮白河的水静静地流淌着，流淌着……有潮白河水的滋润，来年的树会更绿、花会更红；那倒映在水里的高楼大厦，不是仙境，胜似仙境……

潮白河上的白鹭

那天我在顺义潮白河桥，也就是原来的向阳闸上找到了古诗中的“一行白鹭上青天”的意境——眼前的景象就像是看戏，忽然换了个布景一样，那诗情画意就在我眼前浮动。好一湾水，自然可叫碧波荡漾了。那水面之开阔，也算是一眼望不到边的。向东北望去，便是起伏的、蓝幽幽的远山，那就是燕山山脉了。此时，其实顾不得向远望，也顾不得看那镶嵌在湖水两岸的彩叶树或绿柳白杨了，只顾着眼前那一片绿水和白鸟的影子了。

原来这鸟也是会神出鬼没的呀！刚才我来，不过是几个白点，而此刻，却有一大群鸟儿出现在我不远的眼前了。荷塘那边是一片芦苇，在那一片芦苇之中和周围，聚集了不下50只白鹭。那白鹭像是以芦苇当笔画出的一幅画；那芦苇又像给画配的诗，让万绿丛中点缀着白色精灵。此时，那白鹭或许是在开会，但会开得很短，就分头行动了。有的白鹭还在芦苇上打秋千，悠然自得；有的把那荷叶碰撞得忽忽悠悠；大多的白鹭四散飞去，便在那广阔水面上自由活动了。它们有的拍打着翅膀，时高时低，尽情翱翔，有的蓦地冲上天空，又迅速潜入水底。空中是蓝天白云，水底也是蓝天白云，那白鹭却肯定是冲水中的鱼儿去的。有些白鹭已经衔着鱼儿，把自己空灵的影子投在水中，得胜回朝了。有的白鹭在水中嬉戏、游弋，很是惬意悠然。独有一只白鹭，高傲地踩着水面，探头探脑、东张西望的，也或许是在寻觅知音吧？有的白鹭成双结对，那无疑是形影不离的伴侣了。也有的白鹭三五成群，或七八只结队，在追逐着，弄出各种各样的花样美妙姿势来。有的白鹭在空中盘旋了一圈，又滑翔到水里了；有的白鹭像在绿水搭的舞台上跳芭蕾舞，也可谓舞姿翩翩；有的白鹭性子很急，张力很大，来去匆匆；有的却慢悠悠地在水上漂游着，一副悠然自得的样子，轻歌曼舞地在表演动人的圆舞曲。数只白鹭组成一串不规则的音符，流动跳跃。有的白鹭亭亭玉立，像少女；或风度翩翩，像小伙子，追赶着洁白、飘逸的同伴。有的白鹭像在低头沉思，俨然一副思想者的模样；有的却在引颈望日，似乎随时都可能青云直上；有的栖息在芦苇深处，低吟浅唱；有的浮在水上轻盈漫步，又难免趾高气扬；有一群白鹭团队精神很强，云集在一处，简直要形成一个白鹭岛了。大多的白鹭都带着一种超凡脱俗的仙气，尽情地享受“风景这边独好”的风光；也有的白鹭仿佛在对我说，我们置身于仙境，你有这福气吗？白鹭也许不知道，我和它们同在一个大环境里，鸟是人类的朋友，我们是有福同享的。

那天我在潮白河桥上，看到了太多的白鹭。其实，这白鹭都得算大自然的白鹭。

一牛八景牛栏山

牛栏山是北京顺义的一个镇，镇内有座山，叫牛栏山，山挺小，但山不在高，有仙则名。牛栏山里未必有神仙，据说有一头金牛，正是因为那头金牛的传说，这山才叫牛栏山。当地人把牛栏山简称牛山，也许因为这么叫更牛气吧。牛栏山里最出名的一种饮品，简称牛酒；最有名的学校，叫牛山一中。

且说这牛栏山在潮白河的西边，燕山的南边。现在的牛山是一个很牛气的镇，可很早很早以前，这里是荒山秃岭，草木难生，村民们吃不饱穿不暖，过着苦哈哈的日子。这日子据说是让一头大眼牛看见了，金牛，这金牛未必是牛郎派下来的，跟牛魔王也不沾边，这就是一头体恤民情的神牛。这牛是披星戴月来到此地的。这牛与一般牛不同，它白天栖息在一座小山的洞中，晚上出去耕耘垦荒。身为金牛，力大无比，且很给力，几度寒暑，金牛便把大片的荒地变为良田，良田里长出金灿灿的庄稼，这一带的人就过上了红红火火的日子。

不料这金牛的神通让一个恶霸知道了，他做梦都想把金牛据为己有，于是便偷偷窥视、追踪金牛的行踪。那晚，金牛去潮白河边饮水，那恶霸奔上前去，拽住金牛的尾巴硬往家里拉。金牛牛性大发，直尥蹶子。恶霸恼羞成怒，打掉了金牛的一只犄角，金牛一声嚎叫，转眼没了踪影。据说从此金牛就钻到那座小山的洞里去了，但任何人也不知道洞门在何处。这牛就隐居在那山里，人们便给那山取名为牛栏山，把那山洞叫作金牛洞，希望金牛永留牛栏山，为百姓谋福祉。人与牛共勉，牛山人也学着金牛精神，辛勤耕耘，开拓进取，从而让牛栏山成为远近闻名的强镇。

牛栏山历史悠久，20 世纪 80 年代曾在此发现西周青铜器。北魏时，牛栏山已有人居住。明朝初年，设牛栏山递铺。清代此地曾名漕河营。清康熙年间，这里集镇繁华，店铺数百家。现存文物古迹有元末明初古建筑群“元圣宫”，旧称真武庙，50 年代后成为牛栏山一中校址。远近闻名的牛栏山美酒，也出自此地。

牛栏山好、牛，牛气的事说不完，这里还想简要絮叨几句牛山八景。这八景是：

碧霞春晓——牛栏山东南顶峰有座庙，名曰碧霞宫，又名娘娘庙。从山下至山门有三十七级石砌台阶。春日拂晓，霞光映衬得碧霞宫灿烂辉煌。

粮墩远眺——碧霞宫外西北侧有一个砖砌而成的墩，叫望粮墩。望粮墩为辽萧太后所建。明清鼎盛时，密云的粮饷和北方的山货土产及木材均借此河道转运。登上望粮墩，向南远眺，可看到通州漕运粮船。

平沙落雁——潮白河两岸，有多年来由河水冲击形成的大面积沙滩。太阳照在沙滩上，银光闪闪。成群的大雁落在沙滩上嬉戏鸣叫，诗画一般壮观。

清浊流芬——潮白河在牛栏山下汇合，两河相汇，一半清澈透底，一半浑浊不清。这就是清浊分流的奇特一景。

史渡金鳞——牛栏山下史家口村东有一渡口，有木船摆渡。河水清澈见底，这里生长着一种鲤鱼，这鲤鱼金翅金鳞，传说是给皇帝进贡用的。

石梁蟹大——潮白河里生长着很多河蟹，每年到黄豆花开和高粱红了的时候，河蟹正肥，这也是人们捕蟹的最好季节。每到夜晚，河内灯光点点，河蟹追随着灯光，也算自投罗网。蟹肥菊花香。

古洞云峰——这古洞就是前边说过的金牛洞。金牛洞前有一汪天然水池，那是供金牛饮用的玉液琼浆。此洞深不可测，时常从洞内涌出袅袅云雾，在洞前缭绕，久久不散。云雾中，山峰时隐时现。

龙潭映月——牛栏山东北峰下有一潭，深不见底，名曰“黑龙潭”。听说经常有一条黑龙在此出没。明月高挂，碧波荡漾映皓月，诗境、仙境一般。

八景说完了，还得说说那头金牛。据一位老农说，那个月夜，他看见一头大金牛领着两头小金牛来到潮白河畔喝水，可一度潮白河干涸了，没水可喝，于是那大金牛扬着脖子冲着天河说：我的王母娘娘丈母娘，看在我是你女婿的份儿上，看在你两个外孙的份儿上，你就借我一股银河水，让潮白河再度清水长流吧。据说是金牛感动了王母娘娘，从此潮白河又碧波荡漾了。是梦吗？还是又一头金牛的传说？

爱在平原

儿子

我本是大山的儿子，却成了平原的姑爷。这一定是天意。否则，高山平原的缘分从何而来？妻子说，一个姑爷半拉儿，你也算顺义的半拉儿子了。我说，半拉儿子那叫什么儿，就让我当个完整的儿子吧。从此以后，谁说我不是一个实实在在的孝子呢！

不能交换

顺义那无边无际的平原的确让我爱恋，但我又为它没有大山而遗憾。做过一个美梦透着大胆：我把百花山搬到了平原，把一块平原又搬到了百花山脚下。妻子说：你惦着搞大山平原的交换，谁知两头的“县太爷”干不干。

县长对我说……

在他乡认识的第一位“大官”，是已故顺义第二任县长李景春大爷（他是我的老乡）。他爱写诗文，我也爱写。他曾经拉着我的手说，你还年轻，一定要多写好文章。我点头说：一定多写。后来又认识一位“大官”，他是原顺义县赵义县长。赵县长是我很佩服的一位县长。他破格把我的户口变成了农转非，并给了我一份适得其所的工作。他也说，让我多写东西。我没有明确表态要多写，可我往平原的炕头上一躺，总是睡不着，因为我总想写。

父子同当“贼”

父亲种了大半辈子地，却没种过小麦，但他深深地爱着那绿油油的麦浪和金灿灿的麦海。每次我回故乡，他都要打听“顺义的麦子长得啥样了？”今年初夏时节，我和小儿去看望父母大人，刚一出村，我便命小儿掐几个麦穗给爷爷看。为这事，我们父子同当了一回“贼”。

山丹花

故乡有一种红艳艳的野花，叫山丹花。那年，妻子把几株山丹花移到了平原——我的农家院中。从此，这花年年开花，红红火火的花枝映红了农家，也映红了初夏。山丹花，你对平原也那么爱吗？

“酒肉还乡”

回老家时，总想多带一点吃的东西。什么烧鸡、烤鸭、啤酒、西瓜……为的是让乡亲们尝尝顺义的特产。酒足饭饱，便有人吐真言：顺义是个好地方啊，出产那么多吃的喝的东西！于是，我又借着酒兴，给我的第二故乡美言几句。

给人带来光明的人

李保忠是一位电视里有影、报纸上有名的人物。有人称他顺义徐虎，有人说他是活雷锋。他是长青林场工会副主席、第五分场厂长，还是政协顺义区第五届常委，也是北京市的劳动模范。他做公益事业 30 多年，留下了一串闪光的足迹。

李保忠出生在顺义五彩浅山脚下。从小母亲就教育他：人哪，能给别人照亮儿，自己的心里也亮堂。这句话他记住了。儿时，他家有个手电筒，他总是爱用这手电筒给别人照亮儿。18 岁那年，他当了兵。好多村人很想他，常常念叨他：那个给人照亮儿的保忠，到部队发光去了。

李保忠当兵复员后，端上了铁饭碗，但还是个给人照亮儿的人。

那是 2015 年 7 月，顺义一位作家的一本书通过了出版社的三审。这部书是为了纪念抗日战争胜利 70 周年而创作的，出版周期很紧。可不料，那位农家院里的作家，家里的电三天两头地跳闸，只要有一点儿雨，电就停了。白天还好说，晚上一停电，这位作家想润色稿子，就只能点着蜡烛夜战了。作家打电话找电管站，电工说他们管院外不管院里；找村委会，那个兼职电工去看了看，说是找不到毛病。后来这位作家就想起了李保忠，便给他打了电话。李保忠痛痛快快就答应了。趁着午休时间，他热汗淋漓地跑到作家的家里，不吃饭、不喝水，拿着一根竹竿子，满院子寻找、捅了个遍。李保忠指着一团蜘蛛网似的电线说：毛病应该在这里，所以一下雨就漏电、跳闸。我回头把这段线给你换了吧。

于是那天傍晚，他就拿着一节自己买的电线登门服务来了。他把电线换上，灯亮了。屋里院外，一片光明。作家盛情留他吃饭。他说：不吃饭，还有两家等着我给弄电呢。再说我一般晚上都不吃饭。我业余时间的事很多。作家给他摘黄瓜让他拿着，他只拿了一根，一边叼着吃，一边就去给另一家修灯去了。

李保忠就是这样。他是一个有名的业余电工。那年大年三十，加班后，他开着车回老家过年去了。刚进门就有人给他打电话：保忠，你干吗呢？

李保忠说：正要包饺子。

嘿，我也正要包饺子，可忽然之间，我家厨房的灯坏了。你说这事，大过年的，都放假回家包饺子去了，我找个电工都找不着。这摸着黑怎么包饺子呀？

李保忠说：你找着我，不就找着电工了吗？我给你修灯去。

得了，大老远的，你别来了。在家好好过年吧。

瞧你说的，你没灯过不好年，我能过好年吗？

李保忠特意询问了灯是怎么坏的。他知道这日子口儿怕是没处买灯具去，商店也关门了，便把老家厢房的一个灯卸下来，打算给人家换上。他和家人说：我先给人修灯去，俩小时也就回来了。

李保忠开着他的212吉普车，跑到县城给人家换灯去了。人家打着手电，他把灯给换上了。当知道他是把自家的灯卸下来给人家换上后，那家人感动得连连说：这个保忠啊，你这也忒让我们不落忍了。你就在我们家吃饺子吧。

李保忠说：过年了，老爸老妈、孩子老婆都等着我回去吃饺子呢。祝你们过年好。今年就拜拜了，明年再见吧。

就像李保忠穿着白西服、打着红领带，义务给人主持婚礼500多场一样，李保忠可以说是给千家万户带去了光明。给人修灯，他都不知道有几个500次了，因为他干这种事都30多年了。

2003年“非典”期间，似乎什么都成了传染源。李保忠他们那栋楼上走廊里的灯还是那种手摁开关。那个开关每天都得有几百人去摸。也是为了掐断有可能的传染源，李保忠自己买来电料，把那楼道里的灯全部变成了声控灯。这回，人们一跺脚、一咳嗽，甚至一推门，那灯就亮了，又方便又节能，还切断了传染源。人们都说：咱们楼里有个李保忠，借光了。

这些年来，李保忠就是这么无私地给人带来光明。有一位搞音乐的人士，家里的灯坏了。他找人去修，人家要700元钱，说是要把电线大换一遍。那人就婉言谢绝了，之后给李保忠打了个电话。李保忠上门一看，只更换了尺把长的一段电线，就让他家蓬荜生辉了。人家说：保忠啊，你这个人真是人也亮堂，心也亮堂，也给我们家带来了满屋亮堂啊。人家留他吃饭，他还是说：得了，我晚上不吃饭。你看看我这短信，又有两家让我给修灯呢。

工人诗人为燕京放歌

工人离诗人有多远，是一步之遥、近在咫尺，还是十万八千里？这距离不好丈量，也无法计算。工人成了诗人的，还真是大有人在。不过，这年月的确不多了。但，顺义有个叫胡德艳的女工，一度还真被人们称为工人诗人。胡德艳被称为工人诗人，是因为她出版了一本名为《燕京放歌》的诗集。在这之前，她还出版了一本《胡德艳楹联选》。这在十多年前，也算是顺义文学史上可圈可点的两笔了。

知名作家红孩在为《燕京放歌》写的序言中称："一个企业的职工，专门为本企业写了一本专门的诗集，这在近年全国工业战线上，似乎还没有先例。仅凭这一点，我觉得这也是一件很值得关注的现象。"

胡德艳的诗集出版后，燕京啤酒集团为她的诗集召开了首发式，董事长李福成虽不曾与她见面，却破例将她从制麦车间调到工会工作。这一步跨越，让她产生了更强烈的爱——

说来，胡德艳对人生、对生活、对社会，那始终是充满爱的，没有半点怨言。人说愤怒出诗人。而胡德艳却是——热爱出诗人。

对什么东西爱得强烈了，就只能借助诗歌表达了。古今中外，概莫能外。胡德艳这个三班倒的工人，也在用诗表达着她的爱心。

爱，什么叫爱啊？2006 年 4 月 8 日夜晚 11 点钟，胡德艳骑车去上夜班，还没出村就被 3 条狗扑倒在马路沟里，把脸摔了个花瓜，伤痕累累，鲜血淋漓的（多亏狗没咬着她），可她没回家告诉我，也没去医院，她就从马路沟里爬出来，带着满脸伤痕，上夜班去了。她上了一宿的夜班，说是还在纸条上写了一首诗，翌日早上 8 点交班后，她才去医院把伤口包扎了一下。回来后，我都不敢看她，气得直骂她不要命了，也不要脸了？她却直说班上离不开她，一个萝卜一个坑，不看机子不行；说这伤没事，过一夏伤痕就好了。

过了两夏，那伤疤还真是消失了。她还是从来不和任何人叫苦、叫累，还是写着乐观的诗。第一部诗集出版后，她又和我合作了一部诗集。2007 年劳动节，她在包装车间连续上了一个昼夜的班，累得都快起不来了，可下班后发现奥运大道（白马路）正在搞绿化，于是就掏出纸和笔，记下了几十种花草树木的名称，回到家又趴在床上，写出了一组关于奥运绿化美化的诗歌。她的一些诗歌和我的一些诗歌组合在一起，就成了一本献给奥运会的歌《蓝色的梦》——这本诗集出版后，得到了好评，还再版了一次。其中的组诗《八月的诗行》被选入《北京文学》中篇小说月报以及《奥林匹克的中国盛典》大型图书。

胡德艳心中有诗，但有时候真的没有工夫写出来。《工人日报》曾经发表过她的组诗，并配发了照片和感言；《民族文学》也曾经发表过她的散文《大道情缘》。可她却很少在报刊上露面，这是因为她没有多少时间写作，或者说，是我剥夺了她的大量业余时光。30 年来，她用手给我抄过 200 多万字的稿子，又用电脑给我打过近 300 万字的稿子。我上报的所有资料和诗文，都是她打出来的。我的背后站着一位贤内助，身旁坐着一个女秘书。在我面前，她并非绕树的藤萝，却像一棵树，支撑着我和我们这个家。如果说她是俏也不争春的梅花，应该也是可以的。她在幕后，为顺义的文学事业做了太多的工作，可她却连顺义作协会员都不是。她说她不争这个，也不图这个。但，她毕竟是中国散文学会的会员，还是中国楹联学会的会员。

当然，什么会员并不重要，只要怀揣着一腔爱，只要有个好心态，干什么都有偷着乐的可能。那她为什么要写这些所谓的诗呢？就是为了爱，爱她的厂子，爱她的工友们；同时也是为了表达她对公司和工友的爱。有了爱，一切不可解的东西都能解之；有了爱，应该能得到的东西而得不到，也能够理解和宽容；有了爱，也便有了诗。于是，在燕京啤酒集团那些日子里，她只顾站在自己的工作岗位上，发挥着自己的光和热，并热爱着这一切，歌颂着这一切，并期望用她的声音为工人说话，感染工人，激励工人，因而就发出了属于自己的《燕京放歌》——这是一个工人用她的心、她的汗水、她的泪水，甚至她的血水写出的诗歌呀！一个工人为自己的企业大唱赞歌，那也是可贵的呀，那是用金钱买不到的；一个工人与诗人沾上边儿了，难道不是一件可喜可贺的事吗？这本诗集的价值，也许超过了千百车啤酒的价值。当然，两者的价值是不能相提并论，也不能去如此衡量的。不过，用芳香四溢的燕京啤酒，为这本《燕京放歌》祝贺，还是一件乐在其中的事情。

胡德艳退休后，本想写点东西，或帮我打点东西，可很快就听从儿孙的召唤，去门头沟看我们的大孙子去了。尚不到 3 岁的孙子，那次回来看望我，在那条林荫道上，一边走一边给我背诵了 38 首唐诗。我拍着他的脑袋说：你这小脑袋里怎么装着这么多诗啊？孙子说：爷爷，我的脑袋里装着 200 多首诗呢，有毛主席的诗，还有爷爷的诗，都是我奶奶给装进去的。

白雪映红的草莓

站在阳台上，往哪边看，都是白花花的雪。站在楼里看雪，雪是温暖的温柔的，就像新娘的婚纱，像蚕丝被。可真置身于雪中，就体会到冷的滋味了。

手机铃响得很有节奏，传来的声音很亲切，对我的称呼吓我一跳：高主席，我在你家楼下呢——我给你送两盒草莓来，刚摘的，头一茬。尝尝。

这在楼下打电话的不是别人，是有几分名气的退休干部张林成，他还出过几本书，在中央电视台做过节目，是我们作协的名誉副主席，实实在在的职务是顺义三农研究会的会长。

听说他给我"送礼"来了，我的心情似乎只能用很感动、不落忍来形容了，说那心更加温暖，也隐隐不安起来，也是可以的。我赶忙跑到楼下，只见满头白发却是红光满面的张会长正站在雪地上，望着我。他手里提着两盒草莓。这风雪里的情景，让我不知道说什么好了。

我望着那两盒草莓，那草莓的果实比鸡蛋还大，每一颗都带着绿莹莹的叶子和蒂，红的黄的，亮晶晶红艳艳麻嘟嘟肥嘟嘟的，还有几分湿漉漉的，不像草莓，像玛瑙制作的精致而新颖的工艺品。望着一颗颗草莓，我的心是暖融融的；眼睛因为草莓的映射，肯定也变得更加明亮。食欲不是没有，但总觉得，这东西吃了就糟蹋了，最好是看着它，让它渐渐变成化石，哪怕是鸡血石，或是明媚的春天。一位60多岁的老者，在风天雪地里种出了这等珍贵的草莓，我哪想得到这草莓上凝聚了他的多少心血多少汗水多少目光多少期待呀？我若把这草莓比喻成一颗颗心，似乎是俗了；可不说这草莓是心，还能说是什么呢？

在白花花的雪地里，张会长培育出的草莓硕大而晶莹靓丽。张会长的头发像白雪，脸膛却像红草莓。这个冬天，大棚里、大棚外的他，都不会感觉冷，因为他心里装着暖色调的红草莓。这个冬天，一个老者给我送来两盒草莓，也算是一种送温暖吧，说送春天，就像诗了。望着那新鲜的红草莓，我想到了很多人的眼睛，很多人的嘴——就把这酸甜可口的草莓送给他们分享品尝吧，也算是分享了张会长的一片心意。

我送张会长什么呢？当然应该送他一颗心。

诗花在严冬里盛开

那年腊月的一天，不光是干冷，还伴着呜呜的寒风，风将窗外远远近近的树刮得摇摇摆摆，似乎要飞到天上去。此时我打开打印机，想印一首诗，却印不出来，墨盒里的墨又被冻住了。忽然，电话铃响了，话筒里传来的是一股暖流。给我打电话的是时任顺义区委宣传部常务副部长马朝龙。他说，高主席（不过是区作协的副主席），快过年了，我顺便去看看你，快进你们村了……听到这儿我就激动得不知说什么好了。撂下电话，我先把平时舍不得开的空调打开，也好赶紧鼓捣出点儿暖风；随后又把一盆万年青从炕头上搬到客厅里，以便让这绿意释放出暖意和春意；接着沏上一壶热茶，我正了正本没脱掉的大衣，挂了一条暖色的围脖，跑到胡同外迎接马部长去了。

在这个世界上，人与人交往，说频繁就频繁，说交往少，也许就少得可怜。天大得无边，地大得无际，天地之间的人无数，但那行色匆匆的人们，能够有缘聚在一起的，却是寥寥无几的。若寻根的话，得到京西的山旮旯里去找我的老家，所以我得算半拉外乡人。正因为这个身份，且又是身居小村一隅的一个无权无势的穷文人，这种“身在异乡为异客”的人，极有可能产生“穷居闹市无人问”的感觉——因此，友情对这类人也更弥足珍贵。

胡同里灌满了风，我的心头却荡漾着一股股温情。马部长和他的司机抬着一袋大米走进我的农家院的时候，我的感觉当然不是老鼠爱大米的感觉，而是看到了、找到了一种浓浓的年味。

马部长挑帘儿走进我的寒舍后，也不落座，只是干脆直说，你这屋里也忒冷了，冻手冻脚的，坐都不敢坐，你咋在这屋里写东西呀？咋不买套楼房啊？我笑着，很好回答的问题，却又不好回答，就说费劲巴拉发一部中篇小说，稿费才一千多元，月工资不足两千元，每平方米房价可是快一万元了……但都没有说。只说，你挺忙的还来看我，我真的很不落忍；又说，你给我送这一回温暖，我储存到心里，够我一辈子取暖用了。马部长说，你可真是个诗人。老兄，我会永远想着你的。这一声老兄，叫得我很舒服，冬天里就有了夏日的感觉。我们的距离也更拉近了。那天把马部长送到胡同外，我的围巾被大风刮掉了，马部长给捡了起来，说高主席，快回去吧，别冻着。

回到屋后，我赶忙关了空调，却一点也不冷了，一口气写了好几首关于花的诗。

那个腊月和那个正月，温度总是在冰点以下，可我心头的诗潮不断汹涌澎湃着。在水仙花不能盛开的屋子里，我却浇灌出了一朵朵诗花，即便是在寒夜的梦乡里，也有满眼的诗花绽放。吃着雪白的大米饭，侍弄着彩色的诗花，真的很惬意。回想起马部长冒严寒看望我的情景，眼前的暖意总是挥之不去。并不是缺那一袋大米，缺的可能是那一把关怀；接受那一缕阳光，我不奉献出一片花海，我就不是诗人了。在此后的几个月里，我又写了几百首吟诵花卉的诗——这就是我那本献给第七届中国花卉博览会的诗集《鲜花在绿港绽放》。可以说，是马部长雪中送炭、春风化雨般滋润我的心灵，才促成了这本沉甸甸的诗集的诞生。

提高现代文阅读和写作成绩的金钥匙

高国镜作品
现代文阅读试题详解

我家的树

我家的院子里曾经有两棵树，一棵是枣树，另外一棵还是枣树。头一棵枣树不属于我，我也没吃过那树上结的一颗果。听说这老枣树，当年结满了果实，红了半村，香了半村。但后来那个荒芜的院落卖给了我，这枣树也便属于了我。

那年开春，我在那棵老枣树下，破土动工，开始打造一家人的“新窝”。拆了旧房盖新房。此时此节那棵老枣树，也吐出了新芽，放出了新叶，开出了一树金色的枣花，摇曳着淡淡的清香，投下了斑驳的阴凉。木匠和瓦匠在这树下干活，就免去了紫外线的照射。妻子在树下剁麻刀，劳苦中就有了几分惬意。人们在树下喝茶、吸烟、吃饭，就多了几分温馨。然而，随着鞭炮声的炸响，五间大北房拔地而起了，而那棵老枣树却成了那房子的障碍物。它像一个刺头和怪物，挡住了新立起来的门户和窗户，挡住了阳光和月色的进入；还有人说是因为它的存在，我家的屋门就形成了一个字：“困”！

没等我说话，村干部就下了命令，大手一挥说：砍了它！于是小工的大镐升起来又落下去，就刨断了它的根；于是那一树枣花，就再也没变成果实。金灿灿的枣花消失了，金灿灿的阳光才能把寒舍光临。

那年开春，这一棵枣树倒下了，我又把另一棵枣树栽到了南墙根。听说民宅里不可缺少枣树。枣树有着太美妙的谐音和寓意：早发财早立子早树雄心……好一棵新生的枣树啊，花儿又黄了，香飘入云；枣儿又红了，红透人心。枣树摇着满院情，永远迎接秋和春……

后来，这一棵枣树也遭遇不测风云，变成了一段枯木，变成了一段美好的回忆；那曾经的绿叶、黄花、红枣，还带着几分甜蜜和温馨。

我家的院里曾经有两棵树，一棵是石榴树，另一棵还是石榴树；我家的院里曾经还有两棵树，一棵是柿子树，另一棵还是柿子树。正因为这些树，我给小院取名为：柿榴园。可随着岁月的流逝，园还在，那树去了何处?

怀念那两棵石榴树。当年它们就长在房前的不远处。夏日里开出火一般的石榴花，似乎能点燃日落日出；秋天结出两树沉甸甸、红艳艳、圆溜溜的果子，摇曳着一院子的秋色、幸福和富足。可后来一连几场大雪下过，雪把石榴树覆盖在漫漫长夜里、寒夜里……谁知，来年开春，那石榴树再也没有复苏。它们又变成了两段回忆，两段枯木。望着那夏日里干枯的枝干，我简直想哭。

怀念那两棵柿子树。那两棵柿子树中的一棵，没有等到“生儿育女”就夭折了。另一棵栽在东墙根下的柿子树，却成了不小的气候。它很快就超过了两房檐高，显得还挺霸道。它很快结出了一树又一树的果实。那棵树上的柿子，不是磨盘柿，也不是所谓小火柿，个头不大也不小，熟了以后黄澄澄的，透着饱满、丰满和圆满。那成色也是绝对的胜似足金的金色。柿子在阳光的照射下，就像小红灯笼一般。这柿子挂满枝头，当年照小儿说，像挂了一树小太阳。这果实招来了太多的喜鹊和其他的鸟类，他们在啄食树上的“小太阳”。但这“小太阳”太多了，被鸟吃几个也不显得少。我们之所以迟迟不去摘那树上的柿子，是想等着有亲朋好友来，让他们采摘，图个新鲜。别说，这棵柿子树上的柿子还真是被有些名人采摘过。就连当年著名作家浩然来到我的农家院，也对那柿子情有独钟。我们摘柿子的时候，已经到了晚秋。我和妻儿，或拿着钩子，或爬到树上，把那树上的柿子一个个取下来，放到篮子里。那么一棵柿子树，会摘下好几篮子柿子。我把柿子摆在窗台上。我还特意撅下几根带着柿子的树枝，挂在书房或卧室里，以分享这美满的秋色。那年秋天，我们家来了不少客人。他们摘柿子的时候，我们一起照了很多相。大家拿着柿子照相，满脸透着幸福。

那年，那棵柿子树也走到了终点。我想在那柿子树下盖一个小小的奇石馆。我和包工头说，这柿子树就盖在这奇石馆里面，不要动它，让它从奇石馆的房顶上钻出去，它就是这奇石馆的一把遮阳伞。但包工头说，那样绝对不行。他建议把这柿子树挖走，栽到合适的地方去。他说他保证这柿子树挪个地方照样成活，照样开花结果。可最后的结果是，这棵柿子树被移栽后，树枝上虽然吐出了几片绿叶，最后还是成了枯树。我真的也想为这棵柿子树痛哭。想起当年我和一位山西的作家坐在走廊上，望着那树上的柿子，他说他走了以后，是要写一篇散文的。后来，我没有见他在散文里写到这棵柿子树。他曾经说让我用手机把院子里的秋色照下来，发给他看一看。我却没有照，因为院子里没有了那棵柿子树，那秋色似乎也就没有什么含金量了。

1. 为什么说借鉴名著不同于抄袭和模仿？

参考答案：

《我家的树》这篇散文的开头，显然是借鉴了鲁迅的散文《秋夜》中开头的一句话："在我的后园，可以看见墙外有两株树，一株是枣树，还有一株也是枣树。"作者这篇散文，写了他家院子里好几种树，开头和《秋夜》的开头大同小异。这样写，作者显然没有抄袭、模仿，而是借用了大家的名篇，从而让这篇写树的散文独立成篇。作者的用意也许在于借名人名篇的知名度，来提升自己作品的知名度；却又不尽然，作者在写每一种树的时候，都在用一个"千篇一律"的开头手法，无疑是为了增加作品的感染力。作者开头总是写到不同的两棵树，但最后几乎这两棵树中的一棵树都"夭折"了，而保留下来的只有一棵树，或者说两棵树都没有了。写树就像写故去的人，写的是不能忘却的两棵树，是用怀念的手法在写失去的树。这样写来，就不是无缘无故的借鉴了。试想，如果为了省下几个字，开头就直接写：我家院里有两棵枣树……这是不是就显得乏味和缺少灵气了？所以说，文章借古人，不是为平庸，而是为出奇、出彩。

浩然到我家

2001年10月29日，是一个少有的秋日的艳阳天。阳光金灿灿的，原野金灿灿的，树上的叶子金灿灿的，地上的花果也是红艳艳金灿灿的。在这样一个金灿灿的日子里，三河市文联副主席王宝森陪同浩然来到我家，看望我这个业余作者。那天，我的眼前是金灿灿的，心头也是金灿灿的。如妻所言，浩然的到来，让我家蓬荜生辉了。

浩然老师从车中下来时，我发现，他的短发几乎白如雪花了，那银光闪闪的白发沐浴着或像是放射着金灿灿的光芒。浩然老师用满腔的热血、毕生的汗水，浇灌着文坛之花之果，而今，那花那果金灿灿沉甸甸的了——而那育花人却顶着满头银发，走向了金灿灿沉甸甸的秋天。

浩然下车后，那明亮深沉的眼睛直盯着我家的大门楼，连说好、好，却说不出别的什么词语——原来，他因脑血栓后遗症，语言障碍很厉害，几乎说不出多少完整的话——岁月真是不饶人哪，浩然已是70岁的老人了。

浩然走到二门楼前，立刻就站下来。一片金灿灿的光，让他的眉眼间露出了金灿灿的笑。那二门楼上的一副铜制对联，是浩然亲手所书啊！此时，浩然望着那金灿灿的楹联，满意地笑着，然后说，来，先照张相吧。我和妻子劝他，先进屋喝杯水，吃点水果再照。他说，不用，先照。于是，他站在金灿灿的阳光和金灿灿的铜牌下，等候着照相。这时，我与妻说，把老父亲也叫出来，让他也和浩然合张影。浩然说，好，叫去吧。可是，等了好久，老父亲却没出来，说是不舒服，不照。我又气又急，直埋怨老父亲。浩然说，没关系，然后他主动走进我父亲的屋子，亲热地握住我父亲的手，俨然一对亲密的农民兄弟。妻子把那一瞬间化成了永恒——后来一位美国女游客看了浩然和父亲的照片，连伸大拇指，还说她看过浩然的书。父亲也爱自豪地说，我还和浩然照过相呢。

那天，浩然坐在我的写字台前，沐浴着金灿灿的阳光，在白纸上，用颤巍巍的手，写下了几个饱含深情又力透纸背的钢笔字："情系苍生"。

那天，我送了一些院子里长的、金灿灿的南瓜给浩然，他直说好，他说他就喜欢农家院，也喜欢农家院里种的蔬菜；当我把两箱妻子早已经预备好的菊花啤酒，欲往浩然老师的车上搬的时候，望着那金灿灿的菊花啤酒，浩然老师竟然表示出不落忍、过意不去的神情。这可见浩然的那一颗金子般的心，还有他的人格。他曾经两次给我的书写序，两箱啤酒，他都不好意思接受。我们挽留浩然老师吃饭，他却执意说不吃，还要赶到三河去。

那天，浩然走了，是踏着金灿灿的落叶走的。那一刻，如日中天的太阳已经变成夕阳，跑到西边的天上去了，闪耀着金灿灿的光芒。望着浩然老师远去的背影，我的眼睛里也闪烁着金灿灿的金星儿。那一刻我想到了浩然的巨著《艳阳天》里的几个金光闪闪的字——"开镰，收割；收割，开镰……"又想到了《艳阳天》的封面，此刻我的眼前却出现了幻觉的画面：那封面上不是农夫赶着马车，拉着金灿灿的麦子；恍惚间，仿佛是浩然在赶着一辆马车，挥着长鞭，走在金光大道上。但大车上拉的却不是麦子，而是浩然那著作等身的、金灿灿的书籍……

是啊，浩然到了开镰收割的季节，可他也到了人生的秋季。他的车辙在夕照的余晖里，闪耀着金灿灿的光芒。此刻，我有点泪眼模糊了。望着枝头金灿灿的树叶，不免有几分伤感：浩然今天来到了我家，以后他还有来我家的机会吗？一片金灿灿的落叶，像一只金灿灿的蝴蝶，落到了我的脚下。这金灿灿的时刻，就要像金灿灿的金光那么一闪，稍纵即逝了。回望着二门楼，那门楼上浩然题写的牌匾，依旧金灿灿的：胸怀浩然正气，笔抒苍生真情；横批是：艳阳高照。

在那个金灿灿的日子，浩然来到了我家洒满金灿灿阳光的屋子。那天枝头的柿子金灿灿的，院子里的菊花也是金灿灿的。那天本来说话很费劲的浩然老师，却坐在我家金灿灿的春秋椅上，提到了顺义也应该成立文联和作协了。我说，梁老师，要成立作协的话，肯定得请您当顾问。

然而，顺义成立作家协会的时候，浩然却已经久卧病榻了。成立作协本来是想请浩然当顾问的，可当时他已经顾不得、也问不了他所热爱的文学事业了。挂个虚名，肯定是浩然不情愿的。为了表示对浩然的敬重，我把他前后给我写的八个字——“埋头苦写，情系苍生”放在了作协的徽标上。那金灿灿的铜牌，映射着浩然那八个金灿灿的遒劲有力的大字。就让他的八个字，为顺义的作者指明方向吧。其实，他的题字何止是能为顺义作者指明方向，凡是想当作家的人，谁不应该“情系苍生、埋头苦写”啊？

顺义作协的徽标金灿灿的。而浩然老师却在我的梦乡里，赶着一架金色的马车，走向了一片金灿灿的原野……

1. 为什么频繁地使用一个词？

参考答案：

《浩然到我家》这篇散文，最初在内刊发表后，便得到了评论家许宝泉的高度评价。此后这篇散文又在《北京文学》发表。许宝泉称这篇散文“热情洋溢，生动逼真”。文中写道：“高国镜的《浩然到我家》一文，构思巧妙，布局合理；热情洋溢，生动逼真。在1800余字的文章里，竟然用了数十个‘金灿灿’，而且个个用得贴切、形象、逼真。这金灿灿，恰似在一颗洁白无瑕的美玉上面镶嵌上无数颗明珠，光芒四射，光彩照人，这光也是金灿灿的。”高国镜频繁地使用这个叠词，不是“词穷”，而是想借用这个词，让笔下的散文更加具有含金量，更加熠熠生辉。反复使用一个词，有时候更显得可贵。学生在写作文的时候，也不妨使用一些恰到好处的“一个词”。

爱在平原

儿子

我本是大山的儿子，却成了平原的姑爷。这一定是天意。否则，高山平原的缘分从何而来？妻子说，一个姑爷半拉儿，你也算顺义的半拉儿子了。我说，半拉儿子那叫什么儿，就让我当个完整的儿子吧。从此以后，谁说我不是一个实实在在的孝子呢！

不能交换

顺义那无边无际的平原的确让我爱恋，但我又为它没有大山而遗憾。做过一个美梦透着大胆：我把百花山搬到了平原，把一块平原又搬到了百花山脚下。妻子说：你惦着搞大山平原的交换，谁知两头的“县太爷”干不干？

县长对我说……

在他乡认识的第一位“大官”，是已故顺义第二任县长李景春大爷（他是我的老乡）。他爱写个诗文，我也爱写，他曾经拉着我的手说，你还年轻，一定要多写好文章。我点头说：一定多写。后来又认识一位“大官”，他是原顺义县赵义县长。赵县长是我很佩服的一位县长。他破格把我的户口变成了农转非，并给了我一份适得其所的工作。他也说，让我多写东西。我没有明确表态要多写，可我往平原的炕头上一躺，总是睡不着，因为我总想写。

父子同当“贼”

父亲种了大半辈子地，却没种过小麦，但他深深地爱着那绿油油的麦浪和金灿灿的麦海。每次我回故乡，他都要打听“顺义的麦子长得啥样了？”今年初夏时节，我和小儿去看望父母大人，刚一出村，我便命小儿掐几个麦穗给爷爷看。为这事，我们父子同当了一回“贼”。

山丹花

故乡有一种红艳艳的野花，叫山丹花。那年，妻子把几株山丹花移到了平原——我的农家院中。从此，这花年年开花，红红火火的花枝映红了农家，也映红了初夏。山丹花，你对平原也那么爱吗？

“酒肉还乡”

回老家时，总想多带一点吃的东西。什么烧鸡、烤鸭、啤酒、西瓜……为的是让乡亲们尝尝顺义的特产。酒足饭饱，便有人吐真言：顺义是个好地方啊，出产那么多吃的喝的东西！于是，我又借着酒兴，给我的第二故乡美言几句。

1. 为什么说情感是散文的生命？

参考答案：

《爱在平原》是一篇曾经在《北京晚报》发表的、很短小的千字文。著名作家浩然生前对这篇文章有过高度的评价，他看重的就是这篇散文的情。他在文章中写道：“……《爱在平原》里写他对父亲、儿子的亲情，对平原、山地的乡情，对新、老两位县长的友情，每节数十字，就表达了非常深厚、浓烈和真挚的爱，句句都热得读着烫心。”情，就是这么“厉害”，这么不可缺少；只要有情在，寥寥数语，也能把真情表达出来。所以说，情感是散文的生命。

红了山丹

在我的家乡，山丹花实在是一种普普通通的花。沟底、崖畔、山坡、田间……到处都有她们的影子。

山丹花是红火又热烈的。山村的夏天是山丹给染红的。没有她们，山野只有茫茫的绿色；而她们的绽开，则给万绿丛中添了点点青春的火花。

一入六月，山丹便星星点点地开放了。远看，像跳跃在绿草地上闪闪烁烁的火苗；近看，则像一只只活泼精巧的小红灯笼。六角花瓣，自然地卷曲着，茎秆是碧绿的，细叶也是碧绿的，花蕊可是极为鲜红的。大蝴蝶翩翩恋恋地在花间飞舞，雪白的翅膀蹭到花蕊，染得绯红。淘气的孩子们也时常用花蕊染红自己的脸蛋儿。至于劳作在山里的男男女女，也少不了开个玩笑，互相之间往脸上抹一把红，以招来串串的笑声，驱走寂寞与疲劳。

山丹花本是到处可见的，可山民们还是嫌不够，每当夏日干活归来，小伙子、大姑娘总要在路旁采上一把把山丹花，到了家，把花插入盛水的瓶子里，放到窗台上，边吃饭边欣赏。夕阳与山花辉映，仿佛在宣告着农家日子的好光景。

山丹的情感是热烈的，生命力也是极顽强的。无论环境好坏，她们在哪里都能够扎根开花。荒芜的草地上，有她们的笑脸；陡峭的山崖间，有她们摇曳的英姿。她们像山姑娘，在哪里都充满欢笑；又像山小伙儿，在哪里都贡献着芬芳。她们伴着种田人、放牧人、砍山人共度时光。可以说，凡有山民的地方，都有山丹的清香。

山丹的根酷似一瓣大蒜。这“蒜疙瘩”一旦扎在哪里，就再也不离去，只随着时光的推移，一年年长大，又一年年拱出地面，长叶开花。这“蒜疙瘩”经盛夏不烂，历严冬不死！她们随春风发芽、生根、长茎叶、开花。望着山丹花，我总像望着我的乡亲们。我的乡亲们和山丹一样，用火一样的性格，火一样的丹心，火一样的情爱，打扮着生养他们的地方！是的，山里的条件也许没山外好——可山民们不论条件好坏，都能够乐观地面对生活，含笑原野。

山丹的更可贵之处，就是不空度岁月。她们多长一岁，就多开一枝花。花瓣落了，便结出沉甸甸的果实。我曾经见过一棵开了七十枝花的“老寿星”，红灯笼般的花朵挂在青枝绿叶中，把草地映红了，把我的脸映红了。我陶醉在花前，却又舍不得采下一枝。我愿她日夜点缀着青草坪。

啊，我的山丹，年年岁岁添新花，岁岁年年展芳华。难怪山民说：“山丹一年也不白过。”我的乡亲们，不也和山丹一样地追求着向上的丹心吗！他们年年都用自己的汗水浇灌着春花秋果；他们做梦都盼着日子一年比一年更红火！我这个山的儿子，多愿年年都有成功的花朵呀！

又一个夏日来临了。那山丹花又该闪耀在家乡的坡坡岭岭了吧……

1. 为什么要确立文章色彩的基调？

参考答案：

很显然，《红了山丹》这篇散文属于红色基调。那么，写文章为什么要确立文章色彩的基调呢？现居江苏徐州的余光锦教授，早在十多年前便发表了一篇《教学论文写作怎样确立文章色彩的基调范文》的文章，其中列举了中外名家井上靖、高尔基、鲁迅、刘白羽、郁达夫的散文名篇，其中也包括高国镜。余光锦教授在文章中这样评介高国镜的散文《红了山丹》："高国镜的《红了山丹》写道：'山丹花是红火而又热烈的。山村的夏天是山丹给染红的。没有她们，山野似乎只有茫茫的绿色；而她们的绽开，则给万绿丛中添了点点青春的火花。一入六月，山丹便星星点点地开放了。远看，像跳跃在绿草地上闪闪烁烁的火苗；近看，则像一只只活泼精巧的小红灯笼。六角花瓣，自然地卷曲着，茎杆是碧绿的，细叶也是碧绿的，花蕊可是极鲜红的。大蝴蝶在花间飞舞，雪白的翅膀蹭到花蕊，染得绯红。淘气的孩子们也时常用花蕊染红自己的脸蛋儿。'这段文字是热烈色调的。在描写山丹花时，选用了暖色调的词语。像'红火''闪闪烁烁的火苗'，还有'极鲜红的''绯红'等。文章通过赞美山丹花火红热烈、生命力顽强，来赞美山民们乐观、向上的一片丹心。"

以上文字为余光锦的原文。显然，写文章是要确立色彩基调的，也是需要色彩基调的。音乐需要定调，干什么都需要定调，写文章也是需要定调的。《红了山丹》这篇散文，无疑是暖色调的。我们应根据文章的内容为其确立色调。只有将"基调"定好了，文章才不会"跑调"。文章成功与否，切不可忽视其基调。

住在山杏花中的母亲

故乡住满了山杏花，花山那边有我的老家，母亲曾在杏林中走过了多少春秋和冬夏；从少女走成大姑娘，从少妇走成我的妈，走过了那么多风雨，年年盼着那一茬红杏花，杏花是母亲眼中最美的风景，杏花是母亲画的一幅画。

莫道青杏小，那是母亲对丰收的寄托和牵挂；五月端午杏子黄，映红了母亲幸福的脸颊，母亲把杏肉晒成干儿，甜透了多少亲朋好友的嘴巴，母亲把苦杏仁泡甜，让苦生生的日子甜了儿女的牙，母亲把杏皮酿成醋，让生活又多了一份酸甜苦辣，母亲把杏仁熬成油，日子就从年下香到年下，母亲把杏汤熬成粥，填饱了大人和娃娃，母亲用杏核皮烧热了石板炕，暖流就温暖了全家……

故乡住满了山杏花，花山那边曾有我的家；而今山花依旧在，母亲却永远被埋在了杏树下；春天又来了，母亲却再不能看到红杏花；杏子又熟了，母亲不会再把杏干儿晾在屋檐下；杏叶又红了，儿子却再见不到母亲的白发；无论炒菜和炖肉，锅里不会再有母亲熬出的杏油花；无论日子苦和甜，母亲不会再把泡甜的苦杏仁，分给你一把我一把；无论炕热和床凉，母亲都不会再把温暖送到儿女家，母亲永远住在了杏林里，杏林永远成了母亲的家；想起那多情的山杏树，日夜陪伴着我劳累了一生的妈，儿子还不如一棵山杏树啊，无论母亲是否守望在杏树下，远方的儿子却很少回老家，住在杏林里的母亲啊，莫怪儿子还不如一株山杏花，人生就那么几十个春秋和冬夏，儿子不写好人生的每一页，今世和下世更觉愧对妈。

山杏树开出了一片片白色的花，儿子的诗分明也像大白话，即便这大白话的诗啊，母亲也认不得儿子这一行行蜘蛛爬，除非母亲在那边上了扫盲班，或者说已经把老年大学的文凭拿；否则，儿子这满纸诗歌，还不如那一树树山杏花……

1. 为什么说写花的目的是为了写人？

参考答案：

《住在山杏花中的母亲》这篇通体押韵的抒情散文，曾经得到著名作家徐刚的好评。徐刚在给高国镜写的一篇序言中这样写道：“……写各种花，写花与人，写已经远去的、曾经‘住在山杏花中的母亲’，在这浮华之世已属难得。依然牵挂着山里的杏树、杏花、母亲，并由此而广及祖国、大地，这是诗人诗心尚存的感人之处……”这篇散文的感人之处也在于，写出了母亲这个感人的、看似有些空灵却充满着真情实感的山村母亲的形象。

田庄的火种

北京第一高峰灵山，矗立在我的故乡；北京第一大河流永定河，流经我的故乡。故乡山高水长，层峦叠嶂。那当之无愧的绿色京西，有着令人起敬的红色土壤；当年我年年望万山红遍，也在把红色的足迹寻找、向往。在那太行山余脉里，在百花山下，在永定河旁，有一个不大的小村，叫田庄；就是田庄这个小村，出了门头沟区第一个共产党员——崔显芳；就是这个叫崔显芳的党员，于1932年组建起中共宛平县第一个党支部——田庄高小党支部。而今，80多年过去了，那门头沟第一位共产党员早已经长眠在西山丛中。但他创建的第一党支部，却还像浪花一样延续不断，后浪推前浪；他播下的革命火种，还像山丹花一样，蔓延绽放。我走进田庄，站在崔显芳烈士的墓碑前，除了崇敬就是敬仰，不禁写下了这虽然笨拙但真诚的文章。

那个叫田庄的山村，四面环山，四面环山，却没有挡住你出山的脚步，你这个大山的儿子，这个读过私塾的学子，于1922年，走进了闻名的上海滩，在那里，你不但成了一个优秀的学生，也成了一名优秀的共产党员。如果在那里发展，你的前程将何等灿烂？可你选择了回到故乡去，回到故乡去，岂止是对故乡的留恋？那里的薄皮核桃，给了你太多的文气和灵感；那里的红芽香椿，就着烙饼摊鸡蛋，吃上一顿，三天都舒坦；那里的清泉水，比荆花蜜还清冽甘甜……只是为了这故乡情结吗？你才走出高山，又回到高山？不，你这门头沟第一个共产党员，为把革命的火种在家乡传遍，为了宣传马列主义，才于1924年，从黄浦江边又回到永定河畔，才又走进了那连绵起伏的群山。从此，你那盏流动的马灯，照亮了多少人的心田？就连故乡的山花野草，也听你讲过《共产党宣言》。

山村需要教育，你就建立了田庄高小，你家的宅院就成了校园。你这位崔校长，担当的又何止是校长的重担？那书声琅琅的教室啊，莫不是行驶在京西的一条南湖船？京西第一个党支部——田庄高小党支部，就诞生在你家的院落，诞生在1932年。从此那星星之火，就在京西燎原、燎原。

办学屡遭破坏，你又办起“一元春”药铺。不但为了救死扶伤，也为救国救民；以行医为名开展革命活动，始终怀揣红色的信念。你秘密建立了枪支修造所，建立了游击队；你发动群众进行反捐税、反剥削、反压迫的斗争——你像一只雄鹰，飞翔在太行山之间。

火种渐渐驱散黑暗。1932年的秋天，又一茬薄皮核桃在枝头摇曳，一嘟噜一串。秋风中，中共宛平县临时委员会由你牵头组建。1933年春天，又一茬红头香椿，香味随着空气弥漫。春风里，中共宛平县委员会正式成立。革命的烈火像朝霞，不断映红西山。可你这位播撒火种的人，也经受着黑恶势力的磨难，敌人恨不得把你吞噬。1934年夏天，山上又开满了红山丹，你望着红红的山丹花，像望着自己点燃的革命火焰，可因中共宛平县支部遭破坏，你不幸被捕入监。在黑暗的牢狱之中，你坚贞不屈，受尽折磨；但你这位京西第一党员，却像金子一般不怕火炼。只要生命还在，那鲜红的党旗就挂在你心间；誓死不放下镰刀和斧头，直到把旧世界砸烂。而在那个黑暗的1935年的春天，你没能再看到红头香椿再次红遍田庄，你没能再吃到一顿烙饼和香椿摊鸡蛋，便光荣地牺牲了——百花山为你低头，永定河为你呜咽。京西的群山为你立下丰碑，高入云端。

而今，我站在你的墓前，望着你掩映在翠柏丛中的墓碑，心潮像浪花一般飞卷。追溯你走过的革命足迹，那红色的脚印像一首诗，闪现在我眼前。崔显芳，你这门头沟第一党员，像你的名字一样，尽显风流，尽显凛然，尽显无尽的芬芳，像一朵年年开放的红山丹。你虽然倒下了，却化作了一团火，在西山蔓延红遍；你成立的第一个党支部，永远屹立在千万共产党员的心间；因为你，那个叫田庄的村名，也传得好远好远。

时光荏苒，80 多年了，人们依旧没有忘记，你这第一党员，你成立的第一党支部，你那共产党员的风范，你那火种给人们留下的影响、留下的温暖；你这位光荣牺牲的革命烈士，分明还站在高山、河畔；田庄那闻名的薄皮核桃，仿佛还伴着你的大脑思索，昨天，今天，明天；田庄那沐浴着春风的红头香椿，分明受过你的鲜血浸染。你曾经是一位老师、校长，一代代学子会永远把你怀念；你是一位真正的共产党员，共产党员会永远把你当作典范；你的纪念碑屹立在田庄，也矗立在千千万万共产党员心间。

永定河流了一年又一年，山丹花开了一遍又一遍。而今，我站在你的碑前，为你写下这笨拙的诗篇。如果你有在天之灵，就在丛中笑吧、笑吧——笑看家乡旧貌变新颜。

1. 什么叫抒情散文和韵文?

参考答案:

《田庄的火种》显然是一篇红色题材的抒情散文，或可叫韵文。有节奏韵律的文学体裁，就属于韵文。《田庄的火种》这篇文章基本上是整体押韵的，且一韵到底。好的散文包含着真挚、浓郁的情感，富有感染力，尤其是抒情散文，就更能给读者以美感和震撼力。这篇散文虽然写的是“往事、故人”，却让读者身临其境，可谓“知物象、悟情理、晓手法”。散文的语言风格颇多，《田庄的火种》属于抒情的语言，甚至包含着韵文的基调。著名报告文学作家、军事题材作家董宝存曾经写道："读了这篇散文，那红红的山丹花摇曳在眼前，似乎永远都不会凋谢。"《田庄的火种》这篇散文，成功之处也在于其抒情性和韵律感。

燃烧的火炬石

中国四大观赏石之首的灵璧石隶属于玉石类的变质岩，为隐晶岩石灰岩，由颗粒大小均匀的微粒方解石组成，因含金属矿物或有机质而色漆黑或带有花纹，产于安徽省宿州市灵璧县渔沟镇。灵璧奇石形成于8亿多年前。

灵璧石有一百多个品种，其形状五花八门，其色彩五颜六色，但以黑色为多。至于彩灵壁，包括红灵壁、白灵壁，应该是凤毛麟角的，红灵壁最为少见。不管你到哪个石展上看灵壁石，几乎都是黑压压的一片。如果碰上一块"万黑丛中一点红"的红灵壁，那就是抢眼的一景、招人的一宝了。我在一家古玩店看到过一块红灵壁，形似一头狮子，那老板要价120万元。我也只能"望狮兴叹"了。黄金有价石无价——我估计，即便这个红狮子再难找、再独一无二，恐怕也不一定有人高价抱走。这个价是不是个天方夜谭的价，谁也不好说，但人家狮子大张口，你也管不着人家。

近年来，奇石市场显然远没有当年景气了。那年我在石展上，看上了一块彩色灵璧石，形状酷似燃烧的火炬。这石头的藏主也是狮子大张口，要价35万元，少一万也不卖，我也只好望石兴叹，几次恋恋不舍地走了。那石主却追上我，和我说他这块石头的来历。他说这是一块老石头了，他都收藏了十多年了。2008 年北京奥运会前，有人出过 58 万元的天价要买这块石头，可他没舍得出手。结果奥运会一闭幕，这石头的价格就一落千丈了。他说有个人出 38 万元要买他这块石头，但他又没出手，打算到北京来卖个好价钱。但要是我买，他不要 38 万元了，35 万元就卖。35 万元？这在有些地方可以买一套房子了。他说了半天，我也不和他划价了；我知道，南方人做生意都比北方人精明。我送了他几本书，就和他拜拜了。

在第二年的石展上，我又看到了那个石农、那块火炬石。寒暄几句过后，那石农伸着一把手指头，说是这石头他赔血本也要出手了。他说了一个数：5 万元。妻子说了两个字：还贵。后来，那人居然说出了让我不敢相信的价格：三万八！就当送给你了，交个朋友。好家伙，几十万不出手的石头，一落落到了三万八。这石头要不买，似乎就不行了。我抚摸着这块石头，感觉有点烫手。

现在什么都炒，从高大的楼房，到一粒小小的菩提子，都把价格给炒上去了。而这块火炬石，价格却跌得这么低了。真是到了“该出手时就出手”的时候了。妻子把那银行卡贡献了出去，就让人家刷吧。

人民币刷走了，火炬石也到手了。我买这块石头，有两个原因：一是有人说我是火命，所以我对这个火炬石情有独钟；二是因为我搞文学，把文学视为人类的火炬，所以我对这块石头就更有特殊的感情了。我下狠心，把这火炬石弄到我家去了。这石头给人的感觉是光焰万丈的，像是在燃烧着。这块火炬石的个头适中，一般人都能轻易搬得动。红橄榄的底座，雕工精美。这石头的可贵之处在于：活灵活现，形似火炬。石头的顶端有鸡冠子形状的火苗、火焰，而不是秃的，有层次感、起伏感、燃烧感，用一个字概括就是：活。有动感而不呆板。加底座的高度，近一米高。这石头难得。它给人带来光明。它给人带来温暖。

我给这石头配了多首诗。这石头一度又点燃了我的一个信念。当听说冬奥会将在北京举办时，我想把这块石头捐给冬奥会，这不就是一团永不熄灭的奥运圣火吗？我若是将这石头捐给奥组委，其意义就别说有多大了。我还给这石头写了两句话：

擎亿年火炬

把冬奥点亮……

我在《中国作家》发表了一个电影文学剧本《门神》。著名作家、中国作协副主席陈建功看后，认为最精彩的片段便是男主人公用自行车带着一块火炬石，前往鸟巢、水立方捐献，而最终哪儿也不让进的情节。剧本属于艺术虚构，但我想把自己那块火炬石捐给冬奥会确是真心。

人有旦夕祸福。去年立夏那天，我忽然得了一场大病，生命之火险些熄灭；5 天的时间，用于治病的自费药费，就花了 4 万多元，比那块不朽的火炬石还贵。我惊叹于生命的无常，也更喟叹石头的永恒了——人生哪能和石头比呀！这块火炬石的火焰永远不会熄灭，而人的生命之火，却是随时都有可能熄灭的，所以我更爱石头了，我给这火炬石配诗：

一团红色的火炬
一面金色的旗
装着太多的热能
还有滚烫的诗句
照耀着你我向前
征程就不会迷失
人就是一团燃烧的火
一面飘扬的旗
旗帜不会倒
火焰不会熄
只要留得精神在
心脏就是燃烧的火炬
愿用这块火炬石
点燃冬奥会的火炬
世界有滑雪运动
人与人之间
却不该有冰天雪地……

与那块火炬石相伴了几年之久，它仿佛让我的生命之火更旺了。我在它的照耀下，又写了不少诗文。

1. 文章名为《燃烧的火炬石》，火炬石是一块什么样的石头？

2. 这块石头的身价为什么一落千丈？

3. “我”为什么喜欢这块石头？又为什么买这块石头？

"我"在梦里带着这块石头，准备将其捐献给冬奥会——这只是一个梦吗？

参考答案：

1. 火炬石是一块红色的灵璧石。

2. 因为市场经济某些阶段的起伏和奇石市场的不景气。

3. "我"之所以喜欢这块石头，是因为这块石头像火炬，还因为"我"想把这块石头送给冬奥会。梦里送火炬石，这不仅仅是一个梦，更是"我"的一片心意。本文有温度、有热度，温度和热度仅仅是那块火炬石吗？不，这热度和温度，主要是"我"那颗爱心和红心。《燃烧的火炬石》所释放的热量也是每个中国人不可或缺的正能量。

东方醒狮灵璧石

红色灵璧石，少有；形状酷似狮子的红色灵璧石，更是少见。而我家的走廊前，却有一黑、一红两只灵璧石狮子，把门。这是我和这对狮子的缘分。

我这人重感情、讲义气，因而也就结交了不少石友。有一位自称信佛的安徽宿州的中年女性，下岗后一直靠卖石头为生，且供着三个大学生，还盖了两层小楼，又买了几套楼房。这是一个人物啊，我想写写这个叫金溪的女强人。金溪总是笑脸盈盈地叫我高大哥，让我买石头。去年，金溪又来平谷参加石展，又多次给我打电话，让我去看石头。于是我便和老伴带着一盒茶叶、一摞书和一摞烙合子，去参观石展了。这一次的石展比上一次更萧条冷落，但我们两口子却又被笑吟吟的金溪给感动了。金溪指着一对石狮子说：大哥，大姐，你们买走这对狮子吧！这对狮子卖给别人，10 万元我也不出手，咱们是老朋友，5 万你们搬走。

我和老伴面面相觑，那是在嘀咕：要不要这两块石头？说实话，我们和这两块石头也算是一见钟情，早就相看两不厌了。

精明的金溪早看出了我们的心思。金溪说：哥，嫂子，你们是不是嫌这石头贵呀？可不贵哩；5 万块钱在北京，还买不了 1 平方米房哩。你知道这两块石头有多大的升值空间吗？

后来，金溪又津津有味地说开了这石头的来历——说这可不是一般的石头啊，这是一对天然的石狮子。这彩色灵璧石的石狮子，万里挑一，独一无二啊。她说她在灵璧县买了四亩地，雇用了几十个人，挖了好多天，才挖出来这么一块形状酷似狮子的彩灵璧石头。

聪明的金溪给这块石头取名为：东方雄狮。这东方雄狮还真有点东方的色彩——它的主色调是中国红又偏重于褐色、酱色，显得艳丽而又凝重；可喜的是，这头狮子不是单纯的红狮，而是五彩狮，黑色、白色、黄色、灰色点缀其间，形成色彩斑斓的花纹；似乎是由各色石头组合拼接镶嵌在一起，但又是绝对的天然、绝对的天衣无缝，鬼斧神工，巧夺天工，浑然天成。几亿年形成的这块石头，让人过目难忘。其形状有人说像麒麟，也有人说像貔貅，甚至有人说像一只金蟾。而它的造型更像是一头狮子，一头气势磅礴又透着温顺的东方雄狮。狮子本来是从西方来的，但它却是在中国东方的大地下被挖掘出来的。这狮子的体型不庞大也不渺小，与一般把门的狮子个头相仿。近 1 米的长度，半米多的高度。它昂首挺胸，气势非凡；它态势超群，活灵活现。这么一头石狮，我第一次见，也实属罕见。它雄赳赳气昂昂的，显得不俗。

这狮子透着霸气。

这狮子让我着迷。

望着那头红狮，我想象着它沉寂在地下几亿年的情景。它为什么是红色的呢？它为什么像是有点张着血盆大口呐喊的架势呢？它被埋没了多少亿年，有没有窒息的感觉 ？石头应该也是有生命的。它之所以变成红色，当年它那不平的热血是不是顺着干裂的嘴巴喷涌而出？它是不是曾经呻吟过、低吼过、咆哮过？它是不是在地下想发泄什么？是谁引发了它原始的狂性，让它心胸中的血液沸腾奔涌？最后它发出了撕心裂肺的吼声：我要出去！……

于是在那四亩地里，便挖掘出了这头红狮。这浪漫的想象，不一定合乎情理。但玩石头的人，有时候就要像石头一样疯狂；没有天马行空的浮想联翩，哪块石头也不过是块石头而已。石头的生命是大自然给的，石头的升华、升值是人的眼光和大脑给的。灵璧石的魅力在于它的灵气、色泽和形态的神奇，而其质、形、色、纹皆具有很高的艺术欣赏价值。乾隆帝曾赞誉灵璧石为“天下第一石”，可他却无幸观赏这头红狮——这石头形状奇特，色泽艳丽，纹饰美观，质地坚韧……可谓美不胜收，美轮美奂。

灵璧观赏石分黑、白、红、灰四大类一百多个品种。其中，以黑色最具特色。观之，其色如墨；击之，其声如磬。而这头红狮，有着五彩斑斓的色彩；它的颜色和形态，很容易让人联想到炼五彩石补天的女娲。

它独具神韵，韵味无穷。

灵璧石中含有十多种有益于人体健康的微量元素。这个红狮棱角毕现，刚硬苗条，中枢坚挺，不肿不疲，骨气昂然。自然天成，大璞不雕，返璞归真，品位何等之高！它铁骨铮铮，透者跌宕，漏者遒逦。一石一天地，一石一世界。形态大气，实中有虚，虚中有实，虚虚实实，神美貌丽。灵璧有洞，价格要命。这石头有洞在腹下，藏而不露。它的肌肤巉岩嶙峋、沟壑交错，粗犷雄浑、气韵苍古，纹理丰富、韵味十足。它不仅多姿而且多彩。它还有“玉振金声”的音质，轻击微扣，都可发出琤琮之声，余韵悠长。它有分量感和温润感，更有温度感。它是光明的使者，人类的守护神。它妙趣横生，温润尔雅。

这石头我不请回去，还等什么？

狮子是要成双成对的，而不能有单只；恰好金溪还有一块形似狮子的黑色灵璧石，正巧与那彩灵璧狮子配对。这五颜六色、色彩斑斓的彩灵璧和黑灵璧狮子配对，说天下难找也不为过。

金溪又夸上这狮子了：高大哥，这狮子可是镇宅之物啊，放到你家，你家的日子还得好过、还得红红火火哩；彩灵璧，难找哩，四亩地才挖出来这么一头红狮子，放到谁家谁家出彩哩。你要不把它请回去，你可得后悔哩。这狮子可遇不可求啊。你看看这大红狮子。

此时那石狮子没有动，我却动心了。说是动心了，却还有几分犹豫。毕竟这价格不菲呀。大半辈子过着“草根”日子，至今还骑着自行车，舍得掏钱买这么一块石头？

最后的结果是一咬牙：买！

据说狮子是从西方传来的，但在中国的大地上，也不乏狮子的身影，舞狮已经成为中华民族的保留节目。门口摆一对狮子，有镇宅作用。按照佛教的说法，大门前看似摆着一对无声的石狮子，实际上那对石狮子是在不断“说话”的。一个说阿弥，一个说陀佛。这俩狮子天天一唱一和，念阿弥陀佛，以保佑全家平安。

这狮子是吉祥物啊！

于是那天傍晚，金溪亲自打车，拉着那一对石狮子，就笑吟吟找到我家的大门前去了。那天我拉着板车，把这石狮子拉到台阶下。我们七手八脚把狮子抬上走廊，摆放妥当。这狮子还真让我家蓬荜生辉了。双狮把门，给人一种安全感；与这狮子对视，相看两不厌。有两句话叫“园无石不秀，家无石不安”。我品味着这石狮子，鉴赏着这石狮子，真有种其乐无穷的感觉。我还随口吟了几句诗：

睡狮何时醒
醒来是黎明
东方雄狮视万里
长江长城像巨龙
家有奇石诗意在
妙笔生花情意浓……

1.《东方醒狮灵璧石》这个题目好在哪里？

2. 文章通过写灵璧石，反映了什么内容？

3. 文章更深层的寓意在哪里？

参考答案：

1.《东方醒狮灵璧石》这个标题，显得大气和醒目，一看就是个讲中国故事的标题。这样的题目留有悬念，能够引起读者的好奇和阅读兴趣。

2. 文章浓墨重彩地写了红色灵璧石和那头从地下挖出来的灵璧石的红狮子。文章的用意不仅仅在于写石头、买石头，而是用象征的手法，写了昔日之中国，写了今日之中国。

3. 中国就是一头东方醒狮。作者通过诗化的语言，写这篇诗化的散文。狮子和佛教都是从西方传来的。文中写到那两头石狮子一唱一和说阿弥陀佛，不仅仅是佛教色彩的表现，而是寓意中国的大门是敞开的：西方的狮子也是可以到东方之国的大门前来的。且不说这对狮子本身就是土著的东方醒狮。

衣食住行变奏曲

“窑衣”和“吉普”

我上高中的时候，十八九岁，按现在说，长得也是帅呆了，可穿衣服却是马马虎虎的。那天供销社处理旧衣服，我花四毛钱买了一件矿工的旧上衣，被人称为窑衣。我从房东家抓了一把洗衣粉，将这窑衣反复洗过，便穿着上学去了。这蓝色的劳动布窑衣，已经失去了底色，花花搭搭的，有几分斑驳，但我穿着还挺美。此后我又买了一件灰色的中山服，这回是新的。好心的郭老师拍着我的肩膀说：国镜穿毛服，虽然有点老气，但还是透着文气。

成家立业后，我乱七八糟的衣服越来越多了，名牌却没有。去年儿子当兵回来，坚决给我买了一身“吉普”，外加一顶帽子。我穿着这身“吉普”，与妻子一起，在今年的一月份，前往海南呀诺达采访。穿着“吉普”走在热带雨林里，很是舒服。将照片发到朋友圈，反馈是：精神，帅！

“馒头生”与馒头

上高中的时候，有人称我们这些住宿生为“馒头生”。那时，我们每天能吃到三个左右的馒头。有一次搞勤工俭学，一个不是住宿生的同学与我们打赌，他说他能用小拇指勾起一桶水来，如果他赢了，给他八个馒头吃，他保证能吃掉。结果我们八个住宿生一人让出了一个馒头。那同学吃得满嘴络腮，一个没剩。

三十多年后的同学聚会，那个同学也去了，可他主食只吃了半个馒头。有人提起那同学与我们打赌吃八个馒头的事，他说：那是啥时候的事啊？当时我一个月都吃不上一顿馒头。我羡慕你们这些住宿生天天能吃上馒头，所以才与你们打赌，恶吃了一顿馒头。现在我天天有馒头吃了，也就吃不了那么多了。

大北房和海景房

我在《北京文学》发表过一篇散文《背房》，写的是父亲靠肩扛背驮盖我们家那几处房的情景。后来，我在顺义也自己盖了两回房，我没有背一块石头、一摞砖，却住进了大北房。

开门七件事：柴米油盐酱醋茶。有人将工资称为薪水，父亲爱说：柴水一半家。这可见，光有房子不行，柴水还是个大问题。

儿时，我便学会了打柴、背柴。到了十几岁的时候，我每年都要背回一百多捆干柴。曾给《东方少年》写过一首诗《少年的干柴垛》。

我初学挑水的时候，个子太矮，需要将扁担的链子绕几圈，水桶才不至于拖在地上。我总是晃晃悠悠地才能把水挑回去，再倒进水缸里去。

那时候，人们都是挑水吃。

记得那时的冬天，烧火总是爱倒烟，把人呛得满眼流泪，母亲便扇着火，总要把饭做熟，把炕烧热。记得那时的夏天，柴火返潮，点不着火，母亲还得扇着火，热得满脸冒汗。

我成家立业后，异地烧的是麦秸，还有玉米秸。赶上下雨天，这东西点不着火，做不熟饭都不新鲜。待到我们烧液化气的时候，母亲就已经走了；待到我们住楼房烧天然气、吃自来水的时候，母亲已经走了很久。母亲一辈子用柴草做饭取暖，一辈子挑井水吃。而今想起母亲烟熏火燎做饭的情景、想起母亲用葫芦瓢舀水的情景，常常被热泪糊住了眼睛。如果母亲还活着，也过过楼上楼下的生活，也去看看我那套东海岸边的海景房，该多好！

儿时画画，最爱画的是大海。用蓝色的蜡笔涂抹一片蓝色，再加几朵浪花；再用红蜡笔画一轮太阳，在大海上冉冉升起，冒着金光。我那时没见过大海，也不知道什么叫海景房。过了三十岁，才在北戴河见到了大海。

是在去年，没分到福利房的我，得到了一笔住房补贴，简称房补。这笔款子在北京买不了一个阳台，而到了山东龙口，却换来了一套海景房。那真正是：面朝大海，春暖花开。置身在海景房里，心头就荡漾着一圈又一圈幸福的涟漪。马上就退休了，就在东海度晚年，好不惬意。遥望那边飞翔的海鸥和林立的高楼，我随口吟了几句打油诗：

当年祖辈父辈住石堂
而今我住上了海景房
一路走来到东海
不是龙王像龙王……

路

我的故乡是一个出门就爬坡下岭的地方，行路难。那地方的人从小就学会了背东西。从我记事起，故乡的人就总是在修路。父亲、大哥都到外边修过公路，我也修过盘山路。母亲当支书的时候，总要带着大伙去修路。有时候刚把路修好，便眼看着山洪又把山涧路冲毁了。那时候，每个村都有大马车。我第一次坐马车，感觉像摇煤球，那路坎坷不平，马车过于颠簸。我也骑过骡子。那骡子撒欢尥蹶子，把我摔在鹅卵石上，多亏有惊无险。少年时去采药，在一面叫大安坡的陡坡上出了闪失，差点要了我的小命。走不尽的羊肠路。80 年代，我大哥当队长，他硬是拼着砍着，带领社员们修了一条直接通到我们村场院里的盘山路。此前，村里的马车只能搁到山下的小村，再用那驾辕的马将货物驮回村里，大哥是车把式。我结婚的时候，是一辆吉普车把远在顺义的媳妇接到那个小山村里去的；后来，我又走出那个小山村，到京东平原落了户。当时，大平原上的交通其实也不太方便。有一回搭了一辆牛车，骨碌碌驶向并不远的远方。

而今，顺义这地方的交通绝对是四通八达了，连地铁都通到家门口了。出门不远，便是一辆又一辆的公交车来来往往。这交通就很发达了。坐上飞机去海南，几个小时也到了。如果到我的海景房去，还要快一些。

大路朝天。条条大路通世界。

1. 为什么说散文也要有故事性？

参考答案：

真正好的文学作品，应该是看了以后记得住人物、记得住故事。哪怕是散文，也如此。朱自清的散文《背影》，读后印象最深的情景自然是父亲给儿子买橘子；冰心的散文《小桔灯》，无疑就是怎么制造和利用小桔灯了。故事有表象的一面，但情应该是包含在故事里的。不管是《嫦娥奔月》还是《精卫填海》，让人记住的首先是故事。《衣食住行变奏曲》这篇散文，正是通过四个小故事，写了改革开放给人们的生活带来的变化。如果不是这四个具体的故事，而是夸夸其谈议论一通改革开放日新月异、翻天覆地的变化，这就不是散文了。